「好朋友、好書和心安理得的良知：
這就是理想生活。」

——馬克・吐溫

THE RIVER BANK

河岸風景

姬吉・強森（Kij Johnson）/著
林婉婷/譯
Dinner Illustration/繪

suncolor
三采文化

目錄

獻給伊莉莎白．伯恩
（Elizabeth Bourne）
我的洛蒂，
我的貝蘿以及芭芭拉．韋布
（Barbara Webb）
總是在關鍵時刻挺身而出。

Chapter 1

河岸的新客

河岸上的女性居民滿意得不得了，

不過並非所有人都感同身受。

消息很快傳遍了河岸，甚至傳到了野森林的遠方：兩隻女性動物租下了壩堰正上方的向日葵小屋，而且顯然準備長住一段時間。更讓人津津樂道的是，這次的搬家過程完全遵循正規程序，讓河岸的主婦們大為滿意——這可不像那些單身漢搬家時那種隨隨便便、馬馬虎虎的作風，總覺得只要湊合就行了。

小屋裡的每一塊布料、每一件家具，都被搬到六月的陽光下清潔，擦得閃閃發亮。今年六月出奇地陽光明媚，雨水很識相地只在夜晚落下，讓整個鄉村都披上一層生機勃勃的翠綠。主婦們特別讚賞這種活動，因為她們可以藉機一窺小屋的內部裝潢。這間小屋多年前屬於一位年邁的單身公兔，他沒有請管家，身邊也只有一隻負責照料他的兔子。說來也不意外，小屋的髒亂程度正好證實了她們對單身漢的普遍批評，不過這完全不影響她們對已故老公兔的深厚感情。

屋頂已經修補好，她們還僱用一隻相對可靠的白鼬，把花壇清理得乾乾淨淨，並且把那塊小草坪壓得像網球場一樣平整。城裡還運來了一臺嶄新的嵌入式爐灶，安裝得妥妥當當。一位煙囪清掃工揮舞著刷子和長桿，在煙囪裡鑽進鑽出，忙了整個下午。白石灰被大方地刷滿牆壁。洗乾淨的窗簾也被燙得平平整整，重新掛了回去。買來的新水桶也漆成了亮藍色。

一車又一車的家具和用品陸續送來：果醬和火腿、乳酪和蠟燭、床上用品、用麻布包裹的大花瓶，裡面插滿鮮豔的孔雀羽毛和雨傘、幾幅用法蘭絨包好的厚重畫框、一張舊寫字桌、兩輛配有藤編小籃子的嶄新自行車、一臺帶鐵腳踏板的縫紉機，還有箱子、板條箱、手提包和行李箱，以及形形色色的包裹。河岸的主婦全都點頭稱讚：這才是像樣的搬家。

最後，也是最讓人振奮的一刻，出現在夏季第一個真正炎熱的日子裡——從車站乘馬車抵達的新住戶亮相了！一位年輕的鼴鼠小姐和她親愛的朋友兔子小姐洛蒂。鼴鼠小姐的名字是貝蘿，不過這名字怎麼傳開的，誰也說不清。社區裡好幾位居民特地趕來目睹新住戶的首次登場。一隻駝背的年邁老鼠碰巧在小屋花園尾端的柵欄邊休息，事後評價說：「她們看起來是非常得體的年輕動物。」貝蘿身穿一件旅行裙，既乾淨又優雅，由深棕色光澤絲綢製成，點綴著天鵝絨飾帶，頭上還戴著一頂小帽，帽頂裝飾著小天鵝絨蝴蝶結。

「不過那隻兔子嘛，」年邁老鼠說，「她戴著一頂滿是絲絨櫻桃的帽子，加上那些粉紅緞帶，看起來有點滑稽！不過，兔子不都這樣嗎？」他聳聳肩補充，「兔子總是打扮得比較輕佻。」

河岸上的女性居民滿意得不得了，不過並非所有人都能感同身受。在貝蘿和兔子到達的幾天後，鼴鼠對他的朋友河鼠抱怨：「我真搞不懂為什麼要大驚小怪。沒有她們把一切攪得亂七八糟，我們也過得很好。」

即使一向奉行單身主義的河鼠也覺得這話有失公允。「鼴鼠，這樣說並不公平，你自己也心知肚明。她們剛開始是有些忙亂，但現在一切幾乎都恢復正常了。而且這兩位年輕小動物不怎麼出來交際，我們很少見到她們呀！」

鼴鼠和河鼠一早就出門了，那是個充滿希望的日子。他們在短短一小時內策劃了短途旅行、籌集資金、準備物資和安排分工，然後出發上路。河鼠的船裡裝滿了籃子、墊子和釣具，兩人駛離了河岸。這一天，他們釣魚、吃午餐、抽菸斗、打盹，過得充實又愉快。如今，隨著太陽逐漸沉入遠方的樹林，蚊蚋在涼爽、潺潺作響的河面上飛舞，雨燕穿梭其間，兩位朋友正悠然返回河鼠在河岸上那個舒適的小洞穴。鼴鼠很開心地練習他越來越熟練的划槳技巧，河鼠則心滿意足地讓他操勞，甚至難得克制住了糾正他的衝動。

他們划經向日葵小屋，並沒有看到新鄰居，但廚房的煙囪正冒著一縷穩定的炊煙，隨著涼爽的微風傳來某種烘焙食物的誘人香味。窗戶敞開著，窗臺上每個花瓶裡的鮮花都開得格外鮮豔，這一幕理應讓任何人感到愉悅——但鼴鼠顯然不是。「她們足不出戶，肯定是在搞什麼名堂，」鼴鼠陰沉地說，「女人差不多都是這樣。」

河鼠責備著：「鼴鼠，這樣說公平嗎？公正嗎？」

「是的，」鼴鼠乾脆地回答，「她們就是這樣。」

河鼠往後靠，看著漸漸被他們拋在後方的小屋。「我還以為你會喜歡有另一隻鼴鼠搬到附近。應該更有家的感覺，不是嗎？」

鼴鼠發出一聲類似「嘖！」或者其他同義的聲音，隨後忘了文法，說：「『有家感』正是我不想要的東西。不，河鼠，我明白你的意思，也相信她們的個性很好，但是……女人嘛，你知道她們是什麼德行！不就老是參加音樂晚會、跑去城裡拔牙、沒完沒了的洗碗、換乾淨的衣領、早晨拜訪、出門找壓花的材料、做花束之類的……」

「小心！」河鼠喊。鼴鼠此時已經激動得划槳用力過猛，幾乎要把整艘船撞上岸邊，這裡的河岸正好是一片長滿青草和蘆葦的斜坡。

鼴鼠猛然清醒，羞愧地把船倒回來。

「對不起，河鼠！我不是故意這麼……」他說的話越來越低沉無力。「我一定成了一個討厭鬼，真的很抱歉。」

「我能理解，」河鼠溫和地說，「我真的懂，鼴鼠。原本一切都順利安好，而你現在覺得全都亂了套。」

「沒錯！」可憐的鼴鼠喊。「我不明白為什麼我們需要其他人。沒有她們，我們也過得很好。」

河鼠笑了。「如果我們河岸上的居民幾年前也這麼說，我們早就把你送回那舒適的小窩了，而我就失去了一個好朋友，你也永遠沒機會學划船。鼴鼠啊，你怎麼能這麼抱怨呢？我想，可能只是因為新鄰居裡有一位鼴鼠小姐。」

「根本不是這樣，」鼴鼠有些惱火地說，「事實上……」但他話說到一半就突然停住了。河鼠好奇地看著他，他卻不再說話，只是搖了搖頭，平時坦率的臉上露出了一絲固執而神祕的神情。

聰明的河鼠斜眼打量了一下鼴鼠，最後若無其事地說：「好吧，至於這個嘛，如果她們想在草坪上喝下午茶或打槌球，我敢肯定蛤蟆做得比我們好得多。不，她們應該會忙自己的事——烹飪、縫紉，或者其他女性日常會做的事情。至於我——噢，我說，鼴鼠，」他突然興奮起來，「那是老獾！我已經好幾天沒見到他了。喂，老獾！」他爽朗開懷地喊了一聲。

老獾正沿著河邊的小路健步走著，聽到呼喊後抬起頭來，看到他們，立刻表現出準備下河岸的樣子。他的動作十分明確，所以河鼠立刻指揮鼴鼠將船划到前方一棵低垂的柳樹下。鼴鼠手腳俐落，毫不費力地完成了一切，將纜繩繞過一根低垂的樹枝，彷彿天生就是水上的好手。他的表現如此出色，讓河鼠在跳上岸時忍不住讚揚：「做得好，鼴鼠！」鼴鼠聽了，心中滿是自豪感。

「出來划船嗎？」老獾問。

河鼠愉快地回應：「我們覺得今天是出遊的絕佳日子——而且真的釣到了不少鱒魚。我還以為像今天這麼好的天氣，你應該會在野森林裡教訓白鼬，或者監視黃鼠狼之類的事情。」

老獾搖了搖他那濃密蓬亂的頭髮，用低沉粗啞的聲音說：「不，現在一切安好——或者說，對白鼬來說，這已經算是最好的狀態了。我敢肯定他們遲早會再次惹出一些糟糕的事情，但最近還算太平。」他指的是去年冬天的事件，當時許多不那麼值得信任的動物完全忘了自己的分寸，闖入了高貴的蛤蟆莊園，把裡面的家具破壞得一塌糊塗，還喝光了所有的波特酒，總之就是再次證實了大家對他們低劣品行的看法。

「你要去哪兒，老獾？」鼴鼠問。

「我要去蛤蟆家，」老獾說，「趁他吃晚餐前和他聊個兩句。」

「我希望他沒有再做什麼蠢事，」河鼠語氣有些嚴厲，「我們都受夠他那些荒唐舉動了。」那些荒唐舉動指的是蛤蟆最近又迷上了汽車——他的人生已充滿了諸多此類可能會帶來災難的興趣，所以他們全都希望（儘管非常懷疑）這會是最後一個。順帶一提，這也是白鼬和黃鼠狼最近不當行為的誘因之一。

「不，」老獾冷靜地說，「我覺得他這次終於記取了教訓，下定決心成為一個更高尚、更出色的蛤蟆。他最近對管理家產頗有興趣，他父親若是知道應該會很欣慰。當然啦，他確實不小心把低地牧場賣給了三隻不同的動物，還買了一臺根本不需要的打穀機。此外，他也花了大筆錢請了一位建築師設計，準備在南草坪上建一個旅遊營地——但不得不承認，他很努力了。」

「真是努力得令人頭痛啊！」河鼠笑。「好吧，我敢說他會邀請你和他共進晚餐，畢竟蛤蟆可是最會做東的主人。不過，你來和我們一起吃吧。雖然只是隨便一頓，但鼴鼠今天捕魚的表現簡直出乎意料地好。而鱒魚嘛，就是要趁新鮮吃才美味。」

「好，」老獾答應了。「我只是打算提醒他身為蛤蟆莊園主人應該盡的責任。他可能不太喜歡我登門打擾，所以我會很樂意說完話就離開。」

「那等你回來吃晚飯的時候，再跟我們說吧——如果我們還醒著的話！」河鼠笑著補上一句。

老獾沿著碎石小路，終於走到河鼠家門口時，他們果然還沒睡。鼴鼠和河鼠已經累得精疲力竭，卸船的動作慢吞吞，明顯比裝船時還要費力，整整多花了一倍的時間。河鼠決定，在面對煎魚這項苦差事之前，必須先抽根菸斗，喝點「帶勁的」（今晚，他從酒窖裡拿出一個極具誘惑力的小酒桶，倒出沁涼冒泡的薑汁啤酒，滿滿盛在錫杯裡）。鼴鼠沒異議，只是點點頭：「是啊，確實需要。」過了一會兒又開口補了一句：「要不也幫我倒一杯？」

老獾終於出現時，夜幕已低垂。他剛走到門口，就碰見了鼴鼠，正忙著把水邊的魚提上來。那些魚已經被清理得乾乾淨淨，一條條頭尾相接，整齊地排在舊木盤裡。他們一同進屋，只見河鼠已經恢復精神，站在冒著熱氣的煎鍋旁，彎腰忙碌著。「放涼的炸薯條、煎蛋、醃洋蔥、芝麻葉和番茄，當然少不了麵包。飯後甜點是蛋奶凍和李子蛋糕，」這位優雅的動物簡單地介紹著。「當然還有鱒魚。不過就只有這麼一點粗茶淡飯。你明明能在蛤蟆家飽餐一頓，把你叫來真有些過意不去。不過你去找他，他有什麼反應？」

老獾剛要開口，鼴鼠就立刻搖了搖頭，語氣堅定：「河仔，現在別問他。老獾一開講，你肯定會忍不住問東問西，結果忘了鍋子裡的魚，那我們晚餐可就只剩八卦能吃了！不行，先做好晚餐，之後再聊個痛快。」

他們在河鼠的小草坪上用餐，這場深夜野餐美好極了，歡快又隨意，還透著一絲混亂的氣息，而且充滿了各種小道消息。食物吃完後，老獾和河鼠點了菸斗，互通有無，因為無論是河岸還是野森林，最近大家都忙得不可開交。「廣大世界大概也一樣吧，」老獾說。「那裡也是六月，就算他們的感官再怎麼遲鈍，也不可能毫無察覺。」

「那麼老獾，你對新鄰居有什麼看法？」河鼠問。

「河仔，別問這個。」鼴鼠低聲說，不過老獾似乎沒聽見。

「我還沒見過她們，不過聽說她們溫文爾雅，舉止得體。那位年輕的鼴鼠小姐……」

「貝蘿。」鼴鼠垂頭喪氣地低聲說。

「……據我所知，她似乎不太愛交際，是個端莊賢淑的年輕小動物。聽說她上午都待在家裡，不知道在忙些什麼。至於兔子小姐……」他將菸灰輕敲到桌上。在月光下用餐，隨手敲落菸灰，任麵包屑隨風飄散，將已經不冰的啤酒直接倒進草地，一切的收拾工作都留到明天。人生真是太美好了！老獾接著說：「兔子嘛，他們一向不太可靠，但她看起來應該還算有分寸。至少她們兩位不像一般女孩們那麼輕佻浮躁。」

「我不覺得……」鼴鼠低聲說，但老獾只顧著往下說。

「這就是我今晚所做的事。我提醒了我們的朋友，他身為蛤蟆莊園的主人應該盡什麼責任，並建議他後天邀請她們去喝茶……」

「老獾，為什麼？」鼴鼠這次提高了音量。

「在露臺上，如果天氣好的話。」老獾望向燦爛的夜空，一副無所不知的神情。這時萬里無雲，星光點點，月亮尚未升起。「好天氣應該至少能持續到那時候。至於飲品，我建議用香檳潘趣酒，這種輕盈的飲料比較適合女士們。」

「老獾，不行！」鼴鼠喊了出來，聲音大得驚醒了河岸下方熟睡的鴨子。鴨子抱怨：「小聲點，老兄！這麼晚了，我只是想在戶外打個盹兒，享受新鮮空氣，你非得要大呼小叫嗎？」

鼴鼠急忙道歉後，壓低聲音繼續說：「你怎麼能要蛤蟆做這種事？她們會把一切搞得一團糟。」

夜色深沉，看不清老獾的表情，但他的語氣聽起來很不認同。

「鼴鼠，這是蛤蟆的責任。他家可是這一帶最大的莊園，正式歡迎這些年輕女孩來到河岸是他的義務。你總不會希望他失職，損了他的一世英名吧？」

「嗯——」鼴鼠的口氣似乎不覺得這會對蛤蟆造成困擾，但老獾立刻打斷了他。

「鼴鼠，你真是讓我大吃一驚！身為一隻鼴鼠，你一直以來都彬彬有禮，很有紳士風度；不只是個慷慨的主人，也是個和藹可親的朋友。可是，每次一提到這些年輕女士，你就悶悶不樂，脾氣暴躁——沒錯，就是『脾氣暴躁』。」鼴鼠張嘴想要反駁，但老獾繼續說：「真的就是『脾氣暴躁』！翩翩有禮的鼴鼠去哪了？我可是一直都拿你作為標準去跟別的動物比較呢！」

鼴鼠深深嘆了口氣。「你說得沒錯。只是——不，不。」他這次更加堅定。「你說得對，我不應該逃避責任。我向你道歉，老獾——還有你，河鼠。我確實讓大家失望了。我敢說，她們一定會以某種令人不愉快的方式打破我們生活的寧靜，但這不該成為我無禮的藉口。我會改進的。」

「這才是我們欣賞的鼴鼠！」老獾滿意地點點頭。「你去蛤蟆家喝茶時，就會發現她們並沒有你想得那麼糟。」

「等等，你沒有說我們也要去呀！」

河鼠懶洋洋地回應：「小鼴，別這樣，我們當然得去啊，主人可是蛤蟆呢！他會希望我們去支持他的。更何況，食物一定非常好吃，這點就夠了！」

Chapter 2

蛤蟆莊園的下午茶會

「河岸上的生活太樸實了，我們都需要沾點城市的氣派。

嗯，是我們大部分的人吧。」

蛤蟆滿意地撫了撫自己的翻領。

天氣如往常般晴朗，非常適合蛤蟆的茶會。鼴鼠、河鼠、他們的朋友水獺以及老獾此時都站在蛤蟆莊園南邊的露臺上，個個穿著乾淨的領圈，毛皮梳得閃閃發光。就連老獾也脫下了他那件舒適的斜紋軟呢馬術外套——袖肘補丁斑斑、口袋裡裝滿菸斗配件、小刀等稀奇古怪的小物件，並換上了一件古老、剪裁精美但有點磨損的晨禮服與長褲。他一邊用手轉動禮帽邊緣，一邊和蛤蟆閒聊寒暄。

「果然，又得等女生。」鼴鼠對河鼠小聲咕噥，以免讓其他動物聽見。他用手在金色的石板地上畫圈。「這正是我討厭的地方：領口繫得緊緊的，扣子全扣上，還有這些有的沒的——我們大可去狗魚池塘大玩特玩，或者準備打草地保齡球，或者做什麼都比這好。」

但河鼠只是笑了笑，搖了搖頭。「等你嚐到那些美食，就會覺得一切都值得了。」不遠處，有幾張鋪著雪白桌布的小桌子，還有一張巨大的餐櫃（從餐廳搬到外面來，方便幫傭快速上菜），擺滿了引人注目的托盤、盤子、銀器、蛋糕架、水壺和水罐，全都用蕾絲邊餐巾蓋著。他接著說：「老實說，我不介意再次穿上我的舊法蘭絨褲，這沒有那麼糟呀！」

「只要事情到此為止就好，」鼴鼠壓低聲音開口。「河仔，你也知道蛤蟆的個性。他對年輕女性動物的吸引力，恐怕會像他對汽車或篷車一樣毫無抵抗力。這些事情總是從喝茶開始，但後來會怎樣就誰也說不準了。我可不會再穿上這身裝扮來這裡一次，就算給我全世界的茶和蛋糕也不願意。」

蛤蟆聽到了鼴鼠最後的抱怨，但他只是大笑：「噢，鼴鼠，別這麼愛抱怨嘛！你看起來非常帥氣，真的。你們所有人都是！而且光是看到老獾穿上這身講究的衣服就值得了，真有派頭！我總說，河岸上的生活太樸實了。我們都需要沾點城市的氣派。嗯，是我們大部分的人吧。」蛤蟆滿意地撫了撫自己的翻領。他在陽光下顯得無比耀眼，身穿一件令人震驚的現代剪裁白色外套——短的地方變長，窄的地方變寬。這身衣服完全無法修飾他圓滾滾的身形，但毫無疑問，這是最時尚的潮流——只能說有可能是，因為其他動物從來沒見過這樣的裝扮。老獾搖了搖頭：「蛤蟆，你這樣打扮倒也罷了。你有錢，又出了名地古怪。」蛤蟆聽了，因為以為是讚美，得意地挺起胸膛，「但你父親要是看到你穿這種外套，我真不知道他會說什麼。不過，你居然還想鼓勵像鼴鼠這樣正派又規矩的朋友模仿你的裝扮。」

「她們來了！」水獺忽然低聲喊，所有動物都轉過身。她們的確來了！貝蘿和兔子正被帶著從房子的角落走來。貝蘿舉止端莊，帶著愉悅的表情看著東道主，表現得恰到好處。而兔子則四處張望，圓圓的俏臉上雙眼睜得大大的，耳朵動個不停。當她們走近時，兔子湊到貝蘿耳邊低聲說著什麼，一隻手指向通往水邊的草坪——那片草坪夠大，舉辦槌球比賽再合適不過。

蛤蟆整個明顯膨脹了起來，鼴鼠聽到他喃喃自語：「哎呀，可憐的東西，我真是太受寵若驚了。」隨後，他提高聲音喊：「女士們，親愛的女士們！你們的光臨真是令我無比榮幸！歡迎來到我這塊小小的土地！」他走上前，深深鞠了一躬，抓住貝蘿的手，極其誇張地親吻，臉上滿是自滿和得意。老獾低聲發出了一聲難以形容的聲音，水獺突然一陣猛烈的咳嗽（大概是有蚊蟲飛進了他的嘴裡）不得不轉身咳嗽了一會兒。

河鼠和鼹鼠交換了眼神。「喔，糟了，」河鼠低聲說，「事情會變成那樣，是吧？」事實上，情況並不像他們擔心的那樣糟糕。以蛤蟆的自戀，無論是第一眼還是任何其他時候，他都絕不可能愛上除了自己以外的任何人。但儘管如此，在所有重要的方面，事情的確就像那樣。

「親愛的女士們，」蛤蟆又一次鞠躬說，「真心歡迎你們！我們這些朋友剛剛才正說著，我們這裡的鄉間似乎過得太安逸了，因為缺少像你們這樣的年輕小動物來激發，或者說啟發那些能對鄉村生活產生文明作用的小小禮節，我們……呃……」他的話說到一半便迷失了方向，只能尷尬地停了下來，看起來有些滑稽。

「噢，太客氣了！」兔子壓抑著聲音說，而貝蘿則只是微微點頭，禮貌地回應：「非常感謝您的邀請。」她的聲音低沉而平靜，但是否隱約帶著一絲逗趣的笑意？她肯定不是在嘲笑他們吧！鼴鼠仔細觀察她，心中隱約升起一絲懷疑，卻無法確定。

「噢，你們還不認識我的朋友們！」蛤蟆得意地說，「容我為你們介紹。這位是老獾先生，一個古老家族中德高望重的成員。這是河鼠，一位非常好相處的小夥子。這是水獺，非常紳士。而這位，」他擺出魔術師亮出王牌般的神態，神氣活現地說，「我最親愛的朋友，鼴鼠先生！各位，請歡迎鼴鼠小姐、兔子小姐，」他對著大家說。

「你們好。」大家都友好地打了招呼，除了鼴鼠之外，他只是咕噥了一句什麼。貝蘿則補充，臉上或許帶著更深的笑意（如果其他動物能確定她一開始就在笑的話）：「鼴鼠先生和我之前見過面，不過他可能不記得了。」

「你們見過？」大家驚呼，轉向鼴鼠，但他們還沒來得及追問，貝蘿就轉向蛤蟆說：「這地方真迷人！您一定要多介紹一下！」這話題便暫時告一段落。蛤蟆一向不需要太多理由來自誇，而這次機會實在太誘人，怎麼能錯過呢？更何況，眼前的兩位陌生人不會像他的朋友們那樣直接打斷他，丟出什麼「別鬧了，蛤蟆」、「行了，老兄，別吹牛了！」或是「你父親要是知道了，真不知道他會說什麼。」

接下來的莊園導覽可是鉅細靡遺。在水獺友好的配合下，蛤蟆一路炫耀地介紹了所有主要的房間和辦公區域。他的話不時被兔子驚嘆連連的「噢！」和「天哪！」打斷。相比之下，貝蘿的讚美更為克制，也更理性，主要是一些毫無爭議的話題，比如房間的優雅比例。兔子尤其被綠色房間迷住了，那是蛤蟆的祖父為襯托新娘膚色而設計的起居室。「太浪漫了！」她哀嘆，「簡直像童話一樣！王子迎娶了他的公主！」

「小兔……」貝蘿說，鼴鼠懷疑她的語氣中暗藏翻白眼的可能。但蛤蟆完全沒注意到，只是得意地解釋，之前有一群無賴白鼬和黃鼠狼將房間破壞得不成樣子之後，才剛耗費巨資修復（他本來打算告訴她們花了多少錢，但被老獾制止了）。

「如果你們對去年我們那場小衝突感興趣，接下來的房間會更加有趣，」說著，他推開了一對門。這是一間令人印象深刻的大房間。蛤蟆的父親和祖父曾將其作為圖書室使用，但如今更像是一座私人博物館。書本被塞進了房間不太顯眼的角落，而最顯眼的書架上擺滿了碎石塊，附上標籤，寫著類似這種字樣：「安妮女王寢室中的天蓬碎片，由蛤蟆所挖掘」以及「來自管家餐具室的不明碎片，由蛤蟆所發現」。房間裡還展示著各式各項的武器：劍、匕首、彎刀、短棍、長棍和拐杖等。壁爐上方的左右兩邊裝飾著兩把交叉的劍與手槍，正中間是一幅由華麗洛可可風格金框鑲嵌的巨畫——威風凜凜蛤蟆雙手各持手槍，正英勇地擊敗一大群黃鼠狼、白鼬和狐狸。而一旁小角落裡的老獾、鼴鼠和河鼠則帶著欽佩的表情看著他。畫作背景是一陣雷雨，幾束陽光穿透雲層，恰巧照亮了蛤蟆，而其他一切都籠罩在陰影中。畫框上還嵌著一塊小小的銅牌，刻著：「奮戰中的英勇蛤蟆」。

「什麼！」老獾突然轉向倒楣的蛤蟆，怒氣沖沖地說，「這是什麼……荒唐的東西？」「噢，這個嘛，」蛤蟆不經意地朝壁爐的方向揮了揮手，「這個房間才剛整理好，我就想說你可能還沒看過這幅畫。這是我從城裡請來的一位前途無量的年輕藝術家畫的，他還曾在皇家學院展覽上展示過作品呢。我覺得他捕捉到了你的威嚴和那真正高貴的神情，不是嗎？」他補充，聲音明顯弱了幾分。蛤蟆其實很害怕這一刻的到來，原本還指望著有鼴鼠和兔子小姐這樣的陌生女性在場，能稍微平息老獾的怒火。事實證明，這完全沒用。

「蛤蟆，」河鼠語氣嚴厲，「這實在太過分了。去年向我們承諾要決心改過、不再吹噓的謙遜蛤蟆去哪了？坦然承認自己的缺點，答應過不再自我吹捧，並會努力改正的蛤蟆到哪裡去了？」蛤蟆驚訝地問：「難道我應該保持那樣的狀態嗎？」老獾嚴厲地說：「更糟的是，蛤蟆，在我們面前表現愚蠢是一回事——我們可能會失望，但至少不會驚訝——但你居然欺騙了一位藝術家！『英勇蛤蟆』——哼！我只希望你付給他足夠的錢來補償……這種對他技藝的玷汙。」他抬起手，果斷打斷蛤蟆的辯解。「不，我不想知道你付了多少錢。這一切必須立即移除，房間應該要恢復原樣。」

「說得對，」河鼠附和，「真的，蛤蟆，你到底在想什麼？」但兔子卻喊：「噢，老獾先生，請別這麼說！這麼一場激動刺激的事件，你們都那麼英勇，這應該被記錄下來！」她雙手合十，「我看得真是目瞪口呆！天哪，你們都是英雄！」

「至於這個嘛，」蛤蟆故作謙虛地回答，一隻眼睛卻警惕地瞥向老獾，「我並沒有做什麼了不起的事。真正拯救局勢的是這三位朋友，但我確實參與了不少戰鬥，沒錯，」他繼續說，精神一振，「簡直可以說是橫掃千軍。或許兩位女士想移步到茶桌那裡？我想檸檬水都退冰了。」

檸檬水並沒有像蛤蟆擔心的那樣退冰，這都要歸功於他出色的家務團隊。大家都津津有味地享用著美食。蛤蟆莊園的廚房、烘焙坊和酒窖早已聞名遐邇，而在這一點上，蛤蟆的款待水準絲毫不輸給他的父親，甚至他的祖父——後者可是以熱情好客名聞全郡。桌上擺滿來自印度、錫蘭和中國的茶葉，還有檸檬水、覆盆子汁、香檳、波爾多紅葡萄酒，以及特地為河鼠準備的啤酒（盛在高腳杯中，以免顯得太低俗）。此外還有色彩繽紛的小三明治，有綠色的水芹三明治、粉色的薄片火腿三明治，以及美味的橙色咖哩雞肉醬三明治。酥軟的司康和各式精緻蛋糕就更不用說了，簡直應有盡有。若要細數這場茶點盛宴，那可能會占滿篇幅，恐怕會讓讀者對自己手中的茶點頓感羞愧。

蛤蟆將兩位女士安排在自己的左右邊，並讓隨和的水獺與他們同桌。鼴鼠、河鼠和老獾則坐在旁邊的一張桌子上。與最常批評他的兩位好友分隔開之後，蛤蟆放心地將話匣子完全打開了。兔子問起去年襲擊蛤蟆莊園的詳情時，蛤蟆用謙虛的語調開始說：「啊，這沒什麼大不了的。」他偷瞄了一眼老獾，確定對方正和鼴鼠及河鼠聊得正歡，顯然沒有在注意他這邊。至於水獺，正滿眼崇拜地看著他，完全沒有打算破壞這場話題。「我有些公事要處理，離家一段時間，回來後就發現這地方已被野森林的動物占據了。所以我召集了朋友，給大家配上武器，然後就出發了！他們有好幾百個呢，那可是一場激戰！我們奮戰了好幾個小時！黃鼠狼被扔出窗外！白鼬被丟進河裡！雪貂倒在自己的血泊中！而這一切是誰做到的？就是蛤蟆！左邊一砍——打倒一隻狐狸，感謝蛤蟆！右邊一擊——打倒一隻貓科動物，又是蛤蟆！甚至有一隻從動物園逃脫的凶猛水豚也加入戰局，但蛤蟆拯救了大家！這邊，老獾被一群邪惡白鼬圍困，該怎麼辦，怎麼辦才好？蛤蟆來救他！那邊，河鼠正在哭泣……」

「蛤蟆！」老獾的聲音如雷貫耳，從另一桌響起，硬生生打斷了他的表演。蛤蟆嚇得放下了手中揮舞的奶油刀，而兔子正因他的故事激動地傾身向前，刀子差點碰到她的觸鬚。「你在胡說些什麼吹噓的謊言？」

「謊言？」蛤蟆一臉受辱的模樣，「老獾，我只是在講去年那件意外的一點歷史。你或許已經忘了，但我可沒忘，我已經記取了教訓——不過我承認，結局的部分說得有點得意忘形了。」

「不，蛤蟆，這從頭到尾全是編造的！」老獾彎身向貝蘿說：「蛤蟆根本沒有外出處理公事。他實際上是……」「不，不，」蛤蟆虛弱地插嘴，「女士們不用知道……」

「在坐牢，」老獾語氣堅定，「因為偷汽車。小姐，如果你打算在這裡長住下來，你最好知道你的鄰居是什麼樣的動物。」

「汽車？」貝蘿聽起來毫不驚慌，反而覺得有意思，「天哪，這確實很不好。但對於我和兔子來說，或許影響不大，因為我們並沒有汽車。鼴鼠先生，還要再來點茶嗎？」「還有偷馬，」河鼠補充了一句。「還有假扮洗衣婦、欺詐鐵路員工，還有偷馬……我是不是已經說過了？」

「你說過了，」貝蘿說。「你說過了，」鼴鼠確認。「還有第二次汽車盜竊，對吧？發生那麼多事，我都記不清楚了。」

「噢，多麼驚險刺激！」兔子尖聲喊著，激動得身上的緞帶都顫動起來。「這一切簡直和古希臘人一模一樣！」

「尤利西斯？」貝蘿冷冷地說。「簡直如出一轍呢。」

「噢，貝蘿！」兔子帶著掃興的眼神看向她的同伴。

「那只是個誤會而已，」蛤蟆向兔子解釋，幾乎完全忽略了貝蘿，因為他壓根不認識任何古希臘人，無論是死的還是活的——除了家裡那只畫滿了穿著不甚得體的希臘人的古老花瓶。「極為不幸的意外，可是沒有造成什麼危害！我自己逃了出來——完全沒有受到任何幫助——用魅力打動了獄卒的女兒，還騙過了一位火車司機，哈哈！甚至騙過了一個運河船上的婦人，偷了她的馬，並以很好的價格賣掉了牠。我還從一位吉普賽人那裡騙到了豐盛的早餐，他真是個好旅伴，人也很好！」

「簡直跟尤利西斯毫無二致，」貝蘿語氣更冷。鼴鼠張了嘴似乎想說些什麼，但又迅速閉上了。蛤蟆絲毫不在意，繼續說：「然後，我再次偷回了引發一切的那輛汽車！還有誰能做到這點？不，只有蛤蟆！蛤蟆，這個……」他突然注意到所有的目光都集中在自己身上。兔子滿眼驚奇，其他動物則帶著混合著懷疑、揶揄和煩躁的表情。他改用一種較為理性的語氣補充：「總之，就如我常說的，皆大歡喜。而現在，我是個完全改過自新的蛤蟆。」

「並沒有皆大歡喜，」河鼠插話。「除了收你錢的律師，和收你罰款的國庫，他們倒是很歡喜。」他笑著補充。

但兔子完全不在意。這個勇敢、快樂、光彩奪目的蛤蟆，正是她心目中理想的英雄，堪稱年輕動物追隨並努力效仿的榜樣。她興奮地說：「你真是太足智多謀了！」

「哪裡哪裡，」蛤蟆說。「你看起來也是一位無所畏懼的兔子。你一定也有自己的冒險故事吧。」「噢，不，完全不能相比，」兔子帶著羨慕的神情回應。「我只乘坐過熱氣球，還有一次不小心捲入了一起銀行搶案罷了，但這些都是意外。」她用非常遺憾的語氣說。

「親愛的洛蒂，」貝蘿用一種警告的語氣說，這種語氣在場的大多數動物都熟悉，因為他們曾對蛤蟆使用過無數次。「我相信他們對我們的事情並不感興趣。」從她強調「我們」的語氣中能明顯聽出貝蘿其實是指「你的」事情。

但蛤蟆用帶著優越感的態度拍了拍兔子的手。「你當然沒有像我這樣的機會。或許下次，我可以跟你分享一些我開著篷車在英格蘭四處遊歷的冒險故事。」「你是說，從家裡開出去沒多久就摔進壕溝那一次嗎？」河鼠大聲說著。對一個明智的動物，他已經快要忍無可忍。

「旅行篷車！」兔子驚叫，不理會河鼠。「這可是我夢寐以求的事情！」

「真的嗎？」蛤蟆說。「這真是最棒的東西！我非常喜愛我的篷車。麻雀雖小卻五臟俱全！一切多麼井然有序！前方是無盡的開闊大道！事實上，我曾認為那是最棒的事，直到我開始開車。」

「開車！」兔子驚呼，雙手緊扣。「所以你不只是偷過汽車，你該不會甚至擁有過一輛吧？」

蛤蟆優雅地鞠了一躬，同時餘光瞥向越來越陰沉的老獾，他的表情越來越像暴風雨來臨前的烏雲。「在我成為你今天所見的這個安靜有禮的動物之前，我確實是一名車手——最快速、最危險、最冒險的那種！當然，這是在我改過自新之前，」他急忙補充。

最後，就連鼴鼠也忍無可忍。老獾因為無法從滿嘴的怒詞中挑出要先說哪句，氣得說不出話來。而水獺最為過分，竟然在努力憋笑。

鼴鼠低聲對目瞪口呆的河鼠說：「難道沒有辦法阻止那隻兔子嗎？不用鼓勵他，蛤蟆就已經夠糟了，可是她現在完全是在煽動他，你知道這會導致什麼結果。」

「我知道。」河鼠盯著蛤蟆，只見他在兔子欽佩的目光下明顯地得意忘形。「這最終會像蛤蟆的所有冒險一樣，以某種形式的災難告終，接著便是警察的介入。沒錯，你說得對，我們得快點阻止這一切。」於是，當蛤蟆滔滔不絕的話語中出現一個可以插話的片刻時，河鼠抓住機會大聲說：「蛤蟆，也許這兩位小姐會想在離開前看看青檸小徑？」

Chapter 3

世外桃源

河流像老朋友般迎接她，

彷彿他們早已約定好一起度過這個早晨。

潺潺的水聲如無盡的親切笑語，低聲而私密，

像是在小心翼翼地不吵醒其他人……

貝蘿突然從柔軟的小床上醒來。是什麼把她從夢中喚醒的呢？她明白了，是一隻鳥兒開始在她敞開的窗外歌唱。那複雜而甜美的鳴聲，明亮又充滿歡欣，讓她醒來時嘴角忍不住揚起微笑，笑意久久停留。那是什麼鳥呢？她並不認識。既然這一天從如此美妙、流暢的歌聲中開始，她可不能再回到夢鄉。她掀開紅色的被子，雙腳踩在冰涼的木地板上（發出輕微的嘎吱聲），走向窗邊拉開窗簾，推開窗扇。

噢，好香啊！貝蘿探出身子，一次又一次地深呼吸，直到那令人陶醉的混合氣息讓她微微感到頭暈——露水打濕的草地、多花薔薇、繡線菊和羽扇豆的芬芳、遠處牛群的氣味，以及在這一切之下，河流獨特的氣息——那是夏日特有的溫暖氣息，像麵包發酵般的泥土香，混著遊船的味道，還有魚兒在水中悠游。

噢，還有那些鳥兒！她無法確定是哪一隻正如此美妙地歌唱，只知道小鳥在小屋草坪盡頭的某個地方。但現在又有更多的鳥兒加入，一隻、兩隻，接著十隻、二十隻，直到空氣中充滿了顫音與啁啾，那是樹林與灌木裡快樂又健談的居民在晨間問候。她聽出了蘆葦叢裡一隻鸊鷉的低沉鳴聲（但她怎麼知道的呢？）還有一隻貓頭鷹在夜間忙碌後返家的低沉咕咕聲（那貓頭鷹似乎正自顧自地抱怨：這些醒著的鳥兒們太吵了！懂事的鳥兒就該知道，這時候應該睡覺才對！）

另有一隻鶺鴒則傳出輕快繁複的旋律。不過還有其他鳥兒，因為實在太多了，她無法辨識出來。而在這場大合唱中，始終穿插著那奇妙而動人的歌聲。

天空起初幾乎是暗的，只有東方的一線微光，現在逐漸明亮起來，彷彿整個夏季的花朵在她眼前一一綻放：玫瑰色、薰衣草色、淡紫色，逐漸變化成矢車菊藍、飛燕草藍和千屈菜紫。即使她試圖將所有畫面烙印在腦海裡，但是這些色彩不斷變幻，因為黎明的美只能稍縱即逝，每一瞬間都暗藏著難以捕捉的無窮之美。在那光輝的天空之下，世界被薄霧籠罩，輪廓變得柔和而朦朧，但她依然能清晰地在腦海中描繪出一切。這邊是小屋的草坪，草坪盡頭有棵巨大栗樹。那邊是沿著河岸延伸的金色碎石小徑。那裡，羽扇豆和蘆葦的黑色細長尖頂矗立著。而最美的，是夏日裡平靜的河流，像優雅的女王，悠然流過，低聲私語著。再往遠處，是對岸的小田地和草地，那些修剪整齊的樹籬點綴著山楂與野薔薇的花朵，像小星星一樣閃耀。接著，是幾乎延伸到地平線的黑色森林，而更遠處——只有越來越明亮的天空。

噢，那黎明！朝陽的第一縷玫瑰紅滑過地平線，整個世界開始呈現出真正的色彩：綠色、棕色和金色；天空變成了自己的顏色，空氣也染上了自己的氣味。就在這時，一天正式展開，她才突然意識到，那奇妙的歌聲早已在那個光輝的黎明時刻悄然消失了。

一種緊迫感湧上心頭，她迫不及待地想要奔進這個七月的早晨，彷彿全身都無法靜止下來。她似乎已經錯過了太多，不能再浪費一刻。今天有工作要做，但在這樣的清晨，她怎麼忍心把時間浪費在屋裡？她迅速用梳妝檯上的水盆潑了些冷水，迅速穿好衣服。「小兔！小兔！」她一邊跑過走廊一邊喊，然後猛地推開兔子的房門。「快起來！」她說，一把搶走一顆枕頭。「今天是最美好的一天！」但兔子只是懶懶地哼了一聲，把另一顆枕頭拉過去蓋住耳朵。貝蘿明白她的意思，只好果斷放棄，轉身奔下樓。

在陰涼的客廳角落，靠近窗邊的位置，是她的書桌。一疊奶油色的直紋紙整齊地疊放在桌角，上面擺著她的綠色賽璐珞鋼筆，金色筆尖與黑色筆蓋在光線下閃閃發亮，墨水瓶則放在另一堆已經寫滿貝蘿端正字體的紙張旁——那些是她的「小說」。

貝蘿是小說家。她的第一本小說，是在與其中一位姊妹共用的房間裡，偷偷在一張小桌子上完成的。當她將稿子寄給一家出版社並成功出版時，沒有人比她自己更感到驚訝。《骨島的幽靈寶藏》被印成了淡藍色布面精裝書，封面有一幅非常刺激的三色插圖——一艘帆船、海盜（其中一位還有一條木腿）、一個幽靈和一場大火。書名用金字刻在上方，而她的名字「貝蘿．鼴鼠」則同樣以金字印在下方。從那之後，她又出版了四本小說：《風暴岩的忠告》、《桑古堡的鐵兔》、《槌球巷十九號》和《活體解剖師，博恩先生》。每一本都屢創佳績，受歡迎程度更勝前一本（除了《槌球巷十九號》銷量令人失望，事實證明，沒有任何超自然元素的貝蘿．鼴鼠小說乏人問津）。

至於《小說》！她暫時命名為《菲洛特拉的恐懼》。故事中有一位冷靜且勇敢的女主角、一個破舊的鐵盒、盒蓋上刻著神祕的符文，上方有一把消失的鑰匙（或許是被詛咒了，貝蘿還沒決定）、一座位於康沃爾的莊園遺跡（她的大部分靈感來自明信片紀念冊《風光明媚的康沃爾，廷塔哲城堡的所在地！》）。除此之外，還有一位年邁的智者，他唯一的使命就是將關於心靈控制的禁忌祕密告訴女主角，然後在她驚恐的注視下立刻斷氣。另外還有一條養在反派巢穴籃子裡的寵物毒蛇（貝蘿非常確定，這條蛇會在某個情節中派上用場），與一座處境危險的孤兒院，那裡的孩子讓女主角想起了自己小時候的模樣。每天早上從九點到午餐時間，她會專心寫作。下午三點到下午茶時間，她會進行修訂並重新謄寫稿件。她目前已經寫到第二〇六頁。

每天早晨都是如此——但今天這樣美妙的早晨例外，空氣中瀰漫著令人陶醉的氣息，充滿金色的光輝與冒險。難道她要待在悶熱的客廳裡，毀掉那些完美的空白紙張嗎？將平淡無奇的文字拼湊起來，卻沒有一點火花能為它們注入生命？努力挽救她那無趣的女主角那些令人乏味的行為，並想辦法補上牽強又矯揉造作的劇情漏洞（現在她看得很清楚了）？此刻的窗外，草坪綠意盎然、美麗的雲朵飄在天空中、第一批動物出來划船，還有河流本身，那輕鬆愉快的低語與潺潺的笑聲——不出門怎麼行！

「我需要放個假。」她大聲說。穿過客廳時，《小說》像個室友般試圖攔住她，彷彿在早餐室裡，從報紙上抬起頭，露出歡迎的微笑問了句：「嗨，你聽說了嗎？」《小說》語氣友善地向貝蘿搭話，但她只是不耐煩地搖了搖頭，像是在說：現在不行，我有更緊迫的事要做。

在那假想的早餐室裡，那件事或許指的是泡咖啡。但此刻，在這神聖的早晨，所謂更緊迫的事，無非是整個世界的呼喚。

她帶著一絲愧疚感，從全新的紙疊中抽出一張，準備寫張便條給兔子，但她並沒有坐下來，免得被留住。《小說》試圖呼喚她、勸誘她，甚至高聲斥責她，但她對這一切哀求與要求置之不理。最終，《小說》放棄了，像個無奈的主人，為一隻哀鳴的狗打開後門似的，任由她暫時逃開片刻，再把她叫回來。

貝蘿從涼爽幽暗的食品儲藏室拿出半條麵包、一罐陶製小缸裡的奶油、一瓶用軟木塞封口的氣泡檸檬水和一個開瓶器——她是一隻非常理智的鼴鼠，凡事計劃周到，不把事情交給命運安排。這點與她小說中的女主角截然不同。她把這些東西與一本她正在為研究而閱讀的小說《缺趾的屍體》，一起收進了一個小背包裡，然後輕輕溜出門，沿著草坪走到盡頭的工具棚，牽出她的自行車。

河流像老朋友般迎接她，彷彿他們早已約定好一起度過這個早晨。潺潺的水聲如無盡的親切笑語，低聲而私密，像是在小心翼翼地不吵醒其他人，免得有人跑來攪亂這份樂趣。它很高興有貝蘿相伴，對即將一起度過的一天充滿期待。初升的太陽在舞動的河面上閃爍著，將粼粼波光投射到工具棚的牆壁上和榆樹垂枝的陰影下。蜻蜓在水面上方盤旋，幾乎和貝蘿的手一樣大。一隻蒼鷺突然出現，展開巨大的翅膀，振翅聲清晰可聞，朝上游飛去，前往某個隱密的狩獵地點。

貝蘿將自行車從工具棚裡推了出來，檢查了輪胎和剎車（畢竟她是一隻理智的鼴鼠），隨後跨上車，沿著河邊的小徑啟程。太陽尚未完全升上地平線。一哩又一哩，自行車輪壓到碎石所發出的嘎吱聲、河流那不斷輕笑的潺潺聲，以及周遭充斥著的鳥鳴聲通通交織在一起。小徑穿過一片白楊樹林，然後深入到灌木叢中，直達水邊。

她來到一個運河與河流匯合的地方，停在小拱橋的高處稍作休息。她脫下夾克，放到自行車的藤編籃子裡。雖然還早，但天氣已經逐漸變熱。

運河在一側呈現出平靜的深色水帶，蜿蜒流過蘆葦、燈心草和水草地——她是否能看到一處半隱藏的入口上面漂著的睡蓮？——最終消失在遠處西邊的拱形石橋下。運河的水在這座橋下匯入了河流。起初，河流似乎抗拒著運河的加入。運河的深暗水色與河流的泥濁褐色形成了鮮明對比。兩股水流在交匯處以盤旋與蜿蜒的方式小心翼翼地試探彼此。但最終，河流的褐色占了上風，兩股水流交融，運河的清澈深色逐漸消散，河流變得更加壯大，繼續向前奔流，匯聚更多的運河、小溪和支流，直抵大海，最後沒入海洋的浩瀚之中。

貝蘿若有所思地俯瞰水面，看到了河上一艘圓形的小舟。一隻陌生的鼠小姐（許多河岸居民她都還不認識）正乘著小舟外出購物，而她的女兒則負責划槳。「天氣真好啊，小姐，」那隻鼠小姐仰頭喊著，試圖在小舟裡行一個盡可能優雅的屈膝禮，但又不敢站起來。即便如此，小舟還是晃了幾下，讓她的女兒忍不住提醒：「媽，要穩住船隻啊！」

「是啊，真的很好，」出於基本的禮貌，貝蘿給出一個愉快的回應（更何況，這樣的美好日子裡，任何不愉快的話語似乎都不合時宜）。然而，她還來不及多說什麼，那艘小舟與乘客便已經划遠，超出了聽力範圍，隱沒在河岸邊的燈心草叢後面。不過，被這樣的偶遇打斷沉思或許是件好事，否則她可能整個早晨都會待在那座步行橋上，沉浸在思緒中。

一哩又一哩的小徑在她的自行車輪下飛逝而過。她透過輪胎感受著路面的變化：這裡是鬆散的碎石，那裡是逐漸乾涸的水坑，再那裡是被踩得硬如鐵的泥土，上面覆著一層黏滑的泥濘，有著草坪和田野的觸感。小徑鑽進一座鋪著金屬路面的公路橋下。她享受著涼爽潮濕的黑暗，以及橋上傳來的各種聲音——馬匹拉著沉重貨車，接著是汽車疾馳而過的聲音。「他們根本不知道我在這下面，」她自言自語。「或許我是個間諜！又或是正在設埋伏的強盜。如果我有一個夥伴……」她覺得應該把這些可能對小說有用的細節記下來，但她既沒帶紙，也沒帶筆，於是說了句「噢，管它的小說！」此時自行車已經載著她重新回到陽光下，樹葉間的光斑灑落在她身上。

在對岸，一棟宏偉的蛤蟆莊園映入她的眼簾——金色的石材、哥德式的拱門、林立的煙囪，還有個園丁正在修剪樹籬。一切的一切，都比她能想像出的場景更加生動迷人。

經過蛤蟆莊園後，她來到了陌生的地帶。她從來沒有走得這麼遠，也沒有帶地圖。河流依舊像個老朋友，依舊輕聲笑著，但在上游似乎更年輕了一些，也好像多了幾分狂野。

整個早晨，她在小徑上遇見了不少河岸居民，但白天的炎熱已經將許多人趕回了家中或吸引到河上。而且這裡的居民或許本來就比較少。她經過一片黑莓灌叢，第一批果實已經在枝頭成熟。這時她才意識到自己又渴又餓，便停下來採摘了一把黑莓，弄得手指和用來收集果實的亞麻手帕都染上了顏色。果實吃起來既溫暖又甜美，帶著些許酸味，但她不想破壞待會吃午餐的胃口，所以只吃了幾顆。

她在不遠處再次停下，來到一片被羊群啃過的田地。她將自行車靠在小徑旁，走到山丘頂端一棵孤零零的橡樹下。她在草地上鋪開一塊布，把野餐擺了出來——麵包和甜美的奶油，在陽光下曬熱的黑莓以及氣泡檸檬水，現在已經變得相當溫熱，遠不如她清晨時想像的那般可口，但還是很清爽。

她一邊享用野餐，一邊環顧四周。四面八方的景色幾乎都盡收眼底：東北方是城鎮所在的位置（雖然從這裡看不到）；東南向則是蛤蟆莊園，而更遠處是一個小村莊，村裡有教堂尖塔、一家小酒館、一座牧師住宅、幾家商店和一些小屋——是人類居住的村莊，住著男人、女人和他們的孩子們。而在人類村莊的南方，河流蜿蜒繞出的大轉彎處，正是她家所在的地方。

她凝視著遠方，卻看不到向日葵小屋的紅瓦屋頂。河邊的是否就是那棵大栗樹？正午的陽光照得河流閃閃發光。在南方的地平線上，可以看到一大片深色樹林，也就是野森林所在的位置。她知道老獾就住在那裡，還有許多未開化的動物與他為鄰。

她依然懶懶地倚靠在樹上，並未起身轉向西方，因為她非常熟悉身後的景象：更多的田野、矮林、農舍和村莊；蜿蜒向北的小溪、河流和運河；再往更遠處的東北方，是那些極為繁忙的丘陵——她與兔子的家鄉所在地。

綠丘！那是一個與河岸一樣繁忙的世界——甚至在某些方面更加忙碌。綠丘上遍布著牧場和田地，綿延的平滑草坡被羊群和牛群啃得短短的，山毛櫸、橡樹和梣樹的小林地零星點綴著，還有狹長的樹帶藏身於丘陵間的起伏之中。那裡更空曠，卻少有人類居住，所以那裡的動物——那些善良的動物：鼴鼠、兔子、野兔、刺蝟、老鼠，以及其他動物（當然也包括狐狸和田鼠之類的）經常外出活動。他們會去購物、互相串門子，或者參加一些小型的學習社團，學習抽紗刺繡，或是觀看關於非洲的幻燈片。雖然生活並不總是輕鬆，但大多時候是快樂且有趣的。

相較之下，河岸的生活少了一些——她想了想，大概可以說少了一些「喧鬧」。這裡的居民不太會匆忙地跑來跑去，也很少隔著小路大聲說話，更不會像丘陵上的年輕動物那樣，單純為了開心，在七月的美好清晨只穿著襯裙就在沾滿露水的草地跑。河岸的年輕男性也不會挑戰彼此去逗弄農場的狗。

即使如此，她仍然喜歡自己在這裡遇到的每一隻動物。他們友善、有趣，而且樂於讓她按照自己的方式生活。

但那隻鼴鼠呢？每次遇到他，他都表現得非常無禮。有好幾次，她看到他乾脆鑽進附近的樹叢，以免正面碰上她。每當他們一起去蛤蟆莊園做客時，他幾乎不跟她搭話。不過話說回來，有蛤蟆在場，能插上話的機會本來就不多，所以他保持沉默還情有可原。只不過他每次看向她時，總會伴隨著陰沉的皺眉，讓人無法忽視。算了，鼴鼠天性就偏愛獨處——她自己也是，她完全能理解。雖然兔子是個有趣的同伴，但有時也難免讓人感到有些疲憊。鼴鼠又怎麼會不一樣呢？

她笑了笑，拿起《缺趾的屍體》，立刻沉浸其中。書中一位著名慈善家的詭異謀殺案正進入緊張的時刻，她迫不及待地想看作者如何解釋這位慈善家的兄弟、遺孀和司機那些可疑（卻可能無關）的行為。

不知過了多久，她突然醒來，耳邊傳來粗重的呼吸聲，伴隨著濃烈的草腥味和羊毛氣味。一隻羊閒逛過來，對這個闖入他領地的陌生動物感到好奇。他發現了剩下的麵包，就開始在貝蘿的衣服上嗅來嗅去，似乎想找更多食物。貝蘿差點尖叫出聲，跳了起來。那隻受到驚嚇的羊翻了個筋斗，滿是怨氣的大眼狠狠瞪著她，然後發出一聲憤怒的咩叫，便跑回了他的同伴身邊。

她環顧四周，一邊拍掉裙子上殘留的草屑。她大概睡了一個小時，也許更久，但就在這短短的時間裡，一切都變了樣。早晨那種令人愉悅的涼爽感已經消失，甚至連記憶也似乎被午後猛烈的陽光抹去了。熱氣將萬物籠罩在一層刺眼的白霧之中。遠處的河面在陽光下閃爍著炙熱的光芒，宛如一片鋼板。一排螞蟻通往空掉的奶油罐，另一排則正在遠離；一隻蒼蠅在最後幾顆黑莓上嗡嗡飛舞。貝蘿出了一些汗，感到輕微的頭疼，就像在大熱天外面小睡一會兒後，經常會感覺到的那樣。

「噢，真煩人，」她自言自語，接著又說了一遍：「噢，真煩人。」對她而言，這美好的一天已經逝去了。《小說》似乎已經厭倦了等待她從休假中歸來，現在正像主人喚狗那樣，用專橫的方式召喚她回去。她對那些文字、人物、情節，對客廳裡的書桌，甚至整本小說都還是提不起興趣。但是這並不重要，重要的是，《小說》已經判定她玩得夠久了，輕聲在她耳邊低語：「別忘了，你是一名作家。」

她已經不再置身於河岸世界中，不再注意自行車輪下的路徑和鄉間美景。她又成了「作家貝蘿」，而那個美好的一天不再純粹地閃耀，而是會被記錄下來、分類，並以某種方式出現在這本書或下一本裡。她還有進度要寫，而且還有最後交期——她怎麼會忘記交期呢？她的編輯正焦急地等待著這本書。實際上，她昨天才收到編輯的來信，語氣禮貌，甚至友好，但也明顯在探詢「究竟何時可以完成等等。」然而她第六章那個棘手的問題依然懸而未解，使得後面的內容看起來既牽強又不自然。為什麼女主角到現在還沒有開始懷疑反派呢？還有那些令人疲憊的文字依舊等著她去找到。

她幾乎要哭出來了。但貝蘿是個理智的人。她拿起陶罐，將它摔在橡樹的樹幹上，讓碎片隨著雨水回歸泥土，然後將其他物品整理好，重新收進背包，回到自行車旁。她再次向南騎行時，心情漸漸平復，甚至開始感激這半天的假期。《小說》通常沒有這麼慷慨。過了一會兒，她的思緒再次埋沒在《小說》裡，她不再注意周圍的景色。或許有辦法讓走私者的襲擊看起來不那麼像巧合？或許可以早點讓那邪惡的侯爵做一些模棱兩可的可疑舉動？這一天還沒有完全結束，也許今晚喝過茶後，客廳稍稍涼快下來時，她還能寫出一些好的內容。

然而，她心底的某個部分仍在抗拒。剛經過運河時，她突然想起了那片柳樹叢。「我一定要去看看，」她叛逆地想著，接著大聲說：「我一定要去。」彷彿這話是說給整個世界，以及客廳裡的書桌聽的。那裡有一條小徑，被垂到地面的濃密柳條覆蓋著。她推著自行車穿過柳條，來到河邊，在那裡站了一會兒，凝視著對岸的東岸——閃亮的綠色蘆葦和乾裂的棕色泥地，以及一片芒草叢後方，隱約可見的小潟湖上開滿了睡蓮。

河水依舊歡快地輕聲笑著，慷慨且毫無索求，彷彿在說：「別在意了，親愛的。我就在這裡。《小說》會來來去去，但直到世界的盡頭，我都會在這裡。」

Chapter 4

不幸的後果

蛤蟆竟然感覺到一種前所未有的情感：嫉妒！

兔子對他的每一個故事都滿心讚嘆，

對自己的生活卻總是一副謙遜低調的模樣。

茶會結束後，兔子小姐成了蛤蟆莊園的常客。她和貝蘿回家之前，蛤蟆邀請她們兩人：「隨時來串門子，吃頓便飯吧。我們蛤蟆莊園可是隨時歡迎客人的！無論是妳們其中一位，還是兩位一起來都可以，我早就把妳們當自家人看待了。」這番話一出，老獾立刻搖了搖頭，鼴鼠輕嘆了一口氣，而河鼠更是氣得咬牙切齒。事情果然如他們所預料的一樣糟糕。就在第二天一早，貝蘿忙著自己的事時（她總是早上特別忙碌），兔子悄悄溜出向日葵小屋，親自去拜訪蛤蟆，感謝他舉辦了一場如此美妙的派對。蛤蟆並沒有早起的習慣，但仍在早餐室熱情地款待了她。桌上擺滿咖啡、培根、惡魔羊腰[1]、雞蛋、吐司、鬆餅和葡萄柚。少了朋友們的監督，他那些本來就已經與事實相去甚遠的故事變得更加離譜，誇張到只有最天真的聽眾才會信以為真。

兔子正巧就是這樣的聽眾。她既欣喜又驚訝，聽了興致高昂。他們幾乎整天都待在一起。他帶她參觀了圖書館裡的稀世藏品，接著又帶她去馬廄看了滿是灰塵的破舊大篷車和汽車，還有去船屋裡看那艘破損不堪的賽艇。他向她講述的故事不僅挑戰了常理，有時甚至挑戰了物理法則。根據蛤蟆自己的說法，他是一位無所不能的英雄：聰明、狡黠又勇敢；瀟灑、果敢且令敵人聞風喪膽；大膽、英勇，且仁慈。他無所畏懼地面對每一個挑戰，還總是充滿風采。他不只是偉大的旅行家、冒險家，還是運動健將（此處絕無諷刺意味），更是一位機械天才。若完全相信他的描述，兔子將他視為拜倫筆下的恰爾德・哈洛德[2]、托馬斯・愛德華・勞倫斯[3]和鐵道之父喬治・史蒂芬森[4]的結

1 devilled kidneys：用香料醬烹煮的羊腰子，是維多利亞時代常見的英國早餐菜色。
2 Childe Harold：英國詩人拜倫所創作的虛構角色，象徵浪漫主義的漫遊者。
3 T. E. Lawrence：英國考古學家、軍事領袖與作家，因參與阿拉伯叛亂而被稱為「阿拉伯的勞倫斯」。
4 George Stephenson：英國工程師，發明現代蒸汽火車頭。

合體，也是無可厚非的事。如果在第一次交談結束時，她沒有立刻相信蛤蟆發明了汽車，那也只是因為他暗示得還不夠明顯罷了。

從那以後，事情越來越失控。雖然蛤蟆熱愛河岸，也非常珍視他的朋友們，但他常覺得缺少了一個真正與他有共鳴的夥伴——意思是指一個能心甘情願聽他吹噓，而且還要裝得無比信服。而兔子無疑是他夢寐以求的對象。於是他充分利用了和她相處的時光，日復一日，直到他們形成了一種默契：只要貝蘿不需要兔子，她就會在早餐後立刻現身蛤蟆莊園，與他共度漫長的白天。

除此之外，蛤蟆竟然感覺到一種對他來說前所未有的情感：嫉妒！兔子對他的每一個故事都滿心讚嘆，對自己的生活卻總是一副謙遜低調的模樣。直到有一次，他終於想起了自己該有禮貌，於是請她也聊聊自己的經歷。沒想到，她的分享居然讓他心中竄起了一陣又一陣的小小嫉妒！熱氣球？他怎麼從來沒搭過熱氣球呢？銀行搶劫？為什麼他從來沒碰巧經過銀行，然後就在搶劫發生的那一刻被捲入其中？像兔子說的那樣，不小心被劫匪拉上逃跑的汽車，接著又被帶到藏匿地點，而且全是意外？倒不是說他真的想再被逮捕和監禁——雖然上次他可是光彩十足地逃脫了，不是嗎？畢竟，全英格蘭可沒有一座監獄能關得住大名鼎鼎的蛤蟆！

但這件事實在讓他有些難以接受：一位平凡的女性（而且還是一隻兔子）居然能擁有他從未體驗過的奇遇！

這段日漸加深的交情彷彿在一種近似孤寂的氛圍中悄然萌芽。那正是仲夏時節，陽光燦爛、美麗無比的七月，每一天都充滿了熱鬧的活動，甚至連短暫的夜晚也更可能被用來釣魚、划船或散步，而不是浪費在敦親睦鄰的瑣事上。蛤蟆的茶會結束後，老獾就立刻匆匆返回了野森林。他這次來河岸，是特地為了提醒蛤蟆履行社會責任，然而這卻讓他耽擱了家中一些緊要的事——一隻從北方來的貂鼠到遠親家裡長住，使得白鼬們開始蠢蠢欲動。老獾不得不出面處理，否則誰知道接下來會鬧出什麼事？更何況，他實在難以忍受與他心愛的森林分離太久。

河鼠和鼴鼠則忙著準備一次上游的划船探險，這趟旅程預計會持續一週，甚至更久，因此他們需要準備應對各種突發狀況的裝備，例如橡皮艇（以防失事）和一門小炮（以防海盜）。水獺則將今年夏天的重點放在把兒子波利訓練成跟他一樣的游泳好手。他們父子倆每天進出河裡十幾次。水獺還向波利保證，如果他能學得熟練，八月就帶他去海邊玩，所以波利非常認真。

至於貝蘿，在這個陽光燦爛的七月，她在向日葵小屋裡埋首工作。如果她對兔子頻繁的外出有任何想法，那也只是覺得鬆了一口氣，認為兔子正和鄰里的新朋友們自得其樂——這倒是事實，只不過並非貝蘿以為的那種「新朋友」。

就這樣，過了好幾週後，大家才驚覺兔子和蛤蟆幾乎天天膩在一起。而到了這個時候，事情已經無法挽回了。所有矯正蛤蟆行為的努力全數付諸東流，他又變回那副無可救藥的老樣子。

「蛤蟆又變回了一隻失控的蠢驢，」河鼠說。「我們必須再想想辦法！」

這是一場緊急會議。就在前一天晚上，河鼠和鼴鼠終於結束河上巡遊，只帶著些許日曬後的痕跡回到了家，其他一切安好。水獺正準備帶波利去海邊，他匆匆與河鼠說了幾句話，告訴他蛤蟆「退步」的消息。是這樣的，蛤蟆和兔子沿著河道散步時，有人聽到他們在討論摩托艇——它的吸引力、速度和魅力。當然，這絕對不是新手可以輕易掌控的東西，但對於像蛤蟆這樣的「水上老手」，簡直小菜一碟。而且以實用性來看，價格並不算昂貴。這整段對話裡，大部分時間都是蛤蟆滔滔不絕，兔子只是在他不得不喘口氣的時候，點頭附和，或興奮地偶爾插上一句。

僅僅兩天後，蛤蟆和兔子已經在馬廄裡，花了好幾個小時研究那輛報廢的汽車。兔子用她那漂亮的手寫字體列出一長串需要修復或更換的零件清單，而每當她提出問題時，蛤蟆總是毫不猶豫地回答：

「不，必須將整輛車徹底更換，才是真正的節省。」

再過一天，他們的話題變成了摩托車。那天，一名電報員騎著摩托車轟隆隆地來到蛤蟆莊園，巨大的聲響把附近的鳥嚇得都安靜了下來，而方圓數里的狗全都狂吠不止。蛤蟆甚至連電報內容都沒看，只是任它掉在碎石車道上，雙眼瞪得像碟子一樣大。兔子則捂住嘴巴，忍不住連連驚呼：「好響亮，好棒！噢，天啊！」

河鼠聽到這消息，馬上加緊行動，求助老獾。老獾於當天早晨抵達。他們三隻動物都極其疲憊——昨夜又短又悶熱，根本無法安睡，而老獾還得長途跋涉過來。而此時，白日的酷熱正逐漸逼近巔峰，烈日毫不留情地炙烤著大地，河面上的反光耀眼刺目。空氣裡瀰漫著汽油和剛出鍋的聖誕布丁混雜的味道。這明明是個最適合和朋友坐在河岸邊消磨時光的日子，喝著河鼠的薑汁啤酒，將腳丫泡進河水裡消暑，一邊漫無目的閒聊。絕不是用來決定重要事情的日子，更別說是要再次討論該如何收拾那隻再次失控的蛤蟆。

「這一切都是貝蘿的錯，」鼴鼠忿忿抱怨。「我們好不容易才讓蛤蟆安分下來，可是她偏偏把兔子一起帶來，把一切搞得亂七八糟。在她來之前，蛤蟆可是徹底改過自新了！」

「小鼴，」河鼠語帶責備地說，「蛤蟆的行為怎麼能怪到鼴鼠小姐頭上？這種說法就像說我偷過汽車，你進過監獄，或者老獾扮過洗衣婦一樣荒唐！」（老獾聽了之後露出一絲驚訝與不滿。）「說真的，小鼴，你總是對鼴鼠小姐冷嘲熱諷，我一直不明白為什麼。也許是天氣太熱，把大家搞得心浮氣躁。」

「可是她確實把兔子帶來了，」鼴鼠提醒他。「的確是，」河鼠公平地說，「但她怎麼會知道蛤蟆有多容易受影響呢？」

老獾搖搖頭：「不，鼴鼠。我們不能責怪年輕的兔子。我和河鼠認識蛤蟆比你久多了，很遺憾地說，他是改不了的——就算改了，也持續不了多久。如果不是因為兔子，也會是別的事情；如果不是今天，也會是明天或明年。」

鼴鼠喃喃自語了一句：「一天的難處一天擔就夠了。」但老獾沉浸在自己的思緒中，繼續說：「我有個主意。鼴鼠小姐很明理——就像你一樣，鼴鼠老弟。她或許能給她的朋友帶來正面的影響。我們不妨集思廣益，看看是否能想出辦法，緩和這段對雙方的理智都極具破壞性的友誼。」

河鼠點了點頭。「好主意！雖然可能會有點失禮，但老獾說得對。鼴鼠小姐看起來通情達理，她會明白我們這麼做是因為擔心我們的朋友，而不是出於冒犯。她現在是河岸的一員了，我相信她也跟我們一樣，不希望蛤蟆惹麻煩。如果她能勸兔子別再慫恿他（當然，我們不會用這種直接的說法），那麼我們就能合力將蛤蟆拉回正軌，讓一切恢復正常。」

「暫時恢復正常，」老獾插嘴。

「暫時恢復正常，」河鼠贊同地說。「而且跟她談的時候，我們一定會非常圓滑、得體又有禮，免得冒犯她。哎呀，小鼴，這就非你莫屬了！你可是外交的專家啊！」

「這計畫不錯，」老獾說著，站起身來。「那我們走吧？」

「什麼，現在嗎？」河鼠問。如前所述，這是一個炎熱的日子。剛剛費盡心思商量完這些，他覺得已經足夠讓大家休息一天了。

「是的，就是現在，」老獾不容置疑地說。「我知道你在想什麼，河鼠，但那可行不通。我們幾個可以選擇安靜度過這一天，但我們怎麼能確定蛤蟆也一樣這麼想呢？甚至此刻，他很可能正在打電話到城裡訂購某種昂貴的機械，然後以某種驚人的方式把它撞得粉碎。」

河鼠立刻跳了起來，觸鬚微微顫抖。「老獾，你說得太對了！這種事真是不敢想像。來吧，鼴鼠！」他伸出手。「不要，」鼴鼠說。「不要？」河鼠問。「你是覺得晚點再行動比較好嗎？」

「我的意思是，不，我不會去跟她談！」鼴鼠不悅地說。「我不會圓滑、有禮地去拜訪貝蘿。河鼠，很抱歉讓你失望了，還有你，老獾。即使這會讓我看起來不那麼完美，我還是不會去。」

「反正我們三個都去，確實太多了，」河鼠有點心不在焉地說。「小鼴，如果你不方便，那我和老獾自己去吧。」

河鼠和老獾留下鼴鼠和他的固執，沿著河邊小徑出發了。前往向日葵小屋的路並不遠，只需穿過紫色的千屈菜叢，五分鐘便能抵達。然而，這短短的路程已足夠讓河鼠欣賞他的河流，並感受它的心情。今天的河流平靜而沉穩，只有一個從上游漂來的瓶子能看出它在平順寧靜的表面下依然奔流不息。他們沿著草坪走向小屋的前門，前門幾乎被兩側栽種的紫丁香樹心形葉遮掩住了。

兔子不在家（「肯定又在慫恿蛤蟆，」河鼠斷言），但貝蘿在。不一會兒，她便從通往河邊的草坪上出現了。草坪上擺放著幾張非常精緻的小鐵椅和一張桌子，看起來是專門用來坐著沉思的。

「真是榮幸！」她一見到他們便說。她穿得簡單又整潔，除了臉頰上那一道藍黑色的墨漬，似乎是在思考時，不小心用沾滿墨水的鋼筆碰到的，事實也確實如此，因為她剛剛在忙著寫作。「來喝點檸檬水吧。除非你們更想喝啤酒？像今天這樣的天氣，我知道男士們通常更喜歡喝啤酒。」老獾本來就覺得她很上道，現在更為讚賞，但他只回答：「抱歉，我們得婉拒，因為這次並不是純粹的拜訪。」

「唉呀，」貝蘿說。「發生什麼事了嗎？」

河鼠說：「與其說是發生了什麼，不如說是可能會發生什麼，如果你明白我的意思。」看她似乎並不明白，他便進一步解釋起來，講述了蛤蟆和他奇怪的興趣：蛤蟆總是因為這些異想天開的興趣做出既危險又愚蠢的行為，因此替鄰居們帶來不少麻煩與困擾。最後他總結：「所以你看，我們的責任就是盡量讓他成為一個理智的蛤蟆。雖然，理智的程度也很有限，」他沮喪地補充。

貝蘿點了點頭，為自己倒了檸檬水，卻幫他們倒了啤酒——她聽明得很，完全沒有把老獾的拒絕當回事。「我很感謝你們對朋友的，呃，古怪的性格如此坦率，但我不明白我能做什麼。我和他的交情也不過是這短短幾個月的事。也許你們可以自己跟他講點道理？」

老獾說：「蛤蟆從來都不是——怎麼說呢——一個穩重的動物。我就直說吧，鼴鼠小姐。他天生就很浮躁，至今仍然是如此。他過去就多次證明，他難以聽從朋友的勸告以及他自己內心的高尚本性。」河鼠插話：「如果他內心有高尚的一面，這一點我有時候都懷疑。」老獾繼續說：「但他最近變得更糟了，所以我們才希望你能幫忙。主要是你的朋友兔子小姐，她的崇拜使蛤蟆本來就脆弱的理智更加不堪一擊。她正在煽動他做各種不良行為。」

貝蘿撫平裙子。「唉，我也可以說同樣的話。我們來到這裡之前，洛蒂——我不能說她很理智，因為幾乎沒有這樣的兔子——但無論如何，她都比現在要更理智一點。可是，自從她認識了你們的蛤蟆先生後，就開始瘋狂追求冒險。我們來到河岸是為了過平靜且愉快的生活。我能專心工作，而她可以陪伴我，遠離這些瘋狂的行徑。但現在，蛤蟆卻鼓勵她去做各種過火的事情。昨天……」她壓低了聲音，「洛蒂告訴我，他們已經非常具體地在討論摩托車的事了。」

老獾忍不住大聲喊：「摩托車！哼！」河鼠說：「鼴鼠小姐，你了解你的朋友。蛤蟆或許無可救藥了——這一點我們心裡有數——但你的朋友應該還能講點道理吧？你能不能請她別再鼓勵蛤蟆了？」

「我會和她談談，」貝蘿說，「但我不認為我能給出任何既不失禮——雖然在關係到如此重要的事情時，我並不介意失禮——又有效的建議。她不是我的學生，我也不是她的老師，她只是單純來陪伴我的。不過……」她猶豫了一下。「兩位，我也必須坦率直言。你們可能已經注意到了，她是一隻兔子，而兔子天性輕浮。我不知道我能否幫得上忙。」

大家全都沉默了一會兒。他們都聽見了微風輕輕掠過栗樹的葉片，聲音柔和得幾乎感覺不到風的存在，還有遠處傳來「嗒！嗒！嗒！」的聲響，是某個勤奮的動物正不顧炎熱地修剪樹籬。老獾終於打破沉默：「好吧。我本來希望像你這樣明智的鼴鼠或許能對你朋友產生一些正向的影響，但看來這是我的奢望。」

貝蘿微微一笑，眼中閃爍著光芒：「那麼你的朋友鼴鼠先生——他對蛤蟆能產生這樣的影響嗎？」老獾銳利地看向她。從她的語氣中很難分辨這句話是謙遜還是調侃。「鼴鼠……」他正要嚴肅地回應，河鼠沒有注意到他的語氣，忍不住笑著打斷了他。

「小鼴？天哪，當然不。」河鼠說，「鼴鼠跟老虎一樣勇敢，白鼬見到他都會拔腿就跑，只可惜蛤蟆誰的話都不聽！不過，他顯然會聽兔子小姐的，」他補充說，笑聲漸漸消失。老獾嚴肅地說：「這不是開玩笑的事情，河鼠。如果他們已經在討論摩托車了，那我們一刻也不能耽擱，必須盡快將蛤蟆和兔子小姐分開。」

貝蘿說：「這該怎麼辦呢？我最早也要等到聖誕節才能把洛蒂送回到她的家人身邊，即使如此……」她停頓了一下，遲疑地說：「如果提前送她回去，可能會讓我們雙方的家人產生嫌隙，就僅僅是因為我親愛的兔子小姐有些輕率罷了。而且我自己也無法離開，唉。」

老獾再次鞠了一躬。「沒有人會指望你那麼做的！但鼴鼠們就是這樣，哪怕只是片刻，也會考慮為朋友犧牲。」（貝蘿臉紅了。）

「不，我們還有另一個計畫，可以說是終極解決方案——我們原本希望永遠不必付諸行動的辦法。」河鼠嘆了口氣：「看來得聯絡姨媽了，是嗎？」

「難道你還能想到其他辦法嗎？」老獾反問。河鼠慢慢搖了搖頭。貝蘿看著他們，滿臉疑惑。河鼠緩緩解釋：「蛤蟆有一位姨媽，是一位令人敬畏的——嗯，說得直白一點，就是一位悍婦。她雖然年事已高，但像橡木一樣堅韌，像花崗岩一樣剛硬，而且對我們的目標最為關鍵的是，她住在蘇格蘭，或是諾森伯蘭的某座城堡裡，完全與世隔絕。總之是那種不太文明的地方。」

「太可怕了！」貝蘿驚呼，打了個寒顫。「諾森伯蘭！就算是我最討厭的敵人，我也不會希望他去那種地方！」

「就算是一隻狗，我都不會希望他去那裡，」河鼠附和。「你都還沒見過那位姨媽呢，」老獾說。「但……摩托車啊，你知道的。這是不可避免的。蛤蟆一定會買一輛，然後摔得稀巴爛。要麼因此喪命（這會很糟糕），要麼因為罰款、訴訟和法院費用讓他破產，讓蛤蟆家族的名聲永遠蒙羞。你無法想像上次事件後，我們為了挽回他的名聲和聲譽付出了多大努力。」「我們還得花錢封記者的口呢！」河鼠小聲說。

老獾接著說：「再來一次這樣的醜聞，蛤蟆就徹底毀了。但如果我們把他送去和他的姨媽住個二、三十年，甚至更久，他可能會以更年長、更冷靜、更收斂的姿態回來——而且還活著，名聲未受玷汙。雖然這並非我們希望的結果，但既然他們已經在討論摩托車的事情，這件事就已經超出我們的掌控了。我們別無選擇。我會立刻發電報給她，並且等蛤蟆從城裡回來就立刻跟他談。他這次進城是為了拔牙，而且他居然表現得很成熟，不像平時那樣拖拖拉拉、抱怨吵鬧，真是少見。」

「是嗎？」貝蘿問。「小兔也去了城裡……拔牙！」他們異口同聲地說：「噢，糟了。」

Chapter 5

達斯利巡遊 X

氣缸的撞擊聲宛如一首詩、

輪胎在急煞時發出的尖嘯聲猶如歌曲一般美妙！

這些完全勝過他曾迷戀的汽車！

雖然他們的朋友們都不會相信，但蛤蟆和兔子在同一天進城真的只是個巧合。至少一開始，兔子可是完全無辜的。她的確是因為牙痛折磨了好幾天才去檢查牙齒。雖然丁香油稍微緩解了疼痛，但她一向記得母親的教誨：牙痛絕不能掉以輕心。於是她有條不紊地寫信預約了當天早上的時間，帶著一包準備看診後享用的三明治和一瓶薑汁啤酒，放進小籃子裡，搭上早班火車出發了。看完牙醫後，她打算去動物園看看獅子和老虎，然後搭乘下午兩點十四分從維多利亞車站出發的火車回家，與貝蘿共進晚餐。這樣的一天，就連最吹毛求疵的人也挑不出任何毛病。

但是蛤蟆！從這個多事之日的開始到結束，他的意圖、行為和舉止都讓人瞠目結舌。不過對熟識他的動物來說，這一切或許荒唐，卻也再正常不過了。

這一切，當然都要歸咎於摩托車。蛤蟆無法停止回想他第一次見到電報員和那壯麗座騎時的震撼。那耀眼的鍍鉻閃著光，漆黑閃亮的車身，光滑的皮革！塵土飛揚，噪音轟鳴，機油和汽油的味道！旁觀者紛紛退到路邊，狗兒們飛奔到樹籬後，無可奈何的汽車司機只能嫉妒地咆哮揮拳，村莊的警察則拚命吹著哨子，但毫無作用！至於那騎士，他像一位纖瘦的神祇，戴著滿是灰塵的護目鏡和安全帽，身穿沾滿塵土的黑色皮衣與長手套，臉上掛著不屑的神情。那模樣彷彿是宙斯親派下凡的荷米斯，專為某位偉大的國王送上電報。他隨意地跨坐在那輝煌的機車上，如同征服者亞歷山大威風凜凜地駕馭他的戰馬布塞法拉斯，或是柏修斯騎著神聖的飛馬——噢，這樣的比喻數不勝數！

電報員沿著車道疾馳而來時，那一瞬間，蛤蟆已經完全陷入自己的幻想：他身穿同樣的皮衣，同樣滿是塵土，面帶輕蔑，目空一切地跨上同一輛摩托車（只不過是紅色的），在塵土中揚長而去的畫面。這畫面是那麼美好，那麼迷人。至於那些沾滿塵土的皮衣和閃閃發光的機械，無論如何也無法掩蓋這樣的事實：他就是一隻早已過了青春巔峰的肥胖且愚蠢的蛤蟆——但這個事實，對他毫無影響。

誘惑實在是太強烈了！那耀眼的機器、震耳欲聾的轟鳴、濃烈的機油味和滾滾升起的煙霧，以及旁觀者驚恐的神情！氣缸的撞擊聲宛如一首詩、輪胎在急煞時發出的尖嘯聲猶如歌曲一般美妙！這些完全勝過他曾迷戀的汽車！沒有大片擋風玻璃阻擋迎面吹拂的風，沒有像客廳沙發一樣沉悶的皮椅，也沒有低矮擁擠的車頂遮擋雨水和風勢！這才是真正的生活——或者說，這才是他應該過的生活。他必須擁有一輛摩托車，他非要不可！

但是該怎麼辦呢？他非常了解他的老朋友，那些一向親愛的夥伴們。雖然他們的忠誠常讓人感動，但也總是對他滿是限制，尤其對機械往往非常固執，而且有錯誤認知！只要他們察覺到他的意圖，肯定會設法阻止他！

蛤蟆首先想到的是打電話給鎮上一家摩托車商，直接訂購一輛，還要連同備用輪胎、機油、特殊潤滑劑、車輪輻條緊固器、火花塞、長手套、雨具，以及司機和教練等所有商家建議的配件一併送來。如此一來，摩托車（以及相關配件）便迅雷不及掩耳般，毫無預警地送來。也許他的朋友們會發出幾聲「嘖嘖」的責備，或者以「親愛的朋友」語氣進行勸說，但到了那時，他們再想干涉也已經為時已晚！

他立刻將這個計畫付諸實行。他撥通了電話，整個過程最初進行得幾乎像是一場友愛的盛宴。蛤蟆和那位文雅的摩托車銷售員立刻發現彼此在性情與品味上氣味相投。如果不是地位懸殊，他們說不定能成為莫逆之交。交易很快就談妥了：摩托車必須是最大、最強、最危險的款式；裝備當然要選最昂貴的；至於司機和教練得是最高傲的。然而，就在蛤蟆報上自己的姓名和地址時，事情突然急轉直下。「蛤蟆先生！」電話另一端傳來文雅銷售員驚訝的聲音。「啊……蛤蟆先生，是嗎？您是蛤蟆莊園的那位嗎？我很……遺憾，呃，我非常抱歉，但……」

銷售員繞來繞去說了很多，但最終意思清楚得連蛤蟆都聽明白了：他不會——或者更精確地說，是無法——將摩托車及其配件賣給蛤蟆莊園的蛤蟆先生。蛤蟆立刻出價加倍，又加到三倍，但一點用也沒有。接著，他對文雅銷售員的油滑經理大吼，然後又對歉意十足的資深經理咆哮，最後甚至將怒火直接對準摩托車商的老闆本人。然而，無論他如何發飆，答案始終如鐵板一塊：摩托車，絕對不能賣給蛤蟆！蛤蟆威脅說自己會轉而聯繫鎮上的另一家車行，購買更大、更強、更昂貴的摩托車。最後，這家車行的老闆希克夫－彭博利（電話裡聽起來似乎在啜泣，顯然對失去這筆大收入感到悲痛不已）終於說出了實情。無論在哪裡，蛤蟆都買不到摩托車，因為議會早就下達了命令，永遠禁止蛤蟆莊園的蛤蟆先生購買任何機動車輛。」

蛤蟆在一年前的犯罪行徑與越獄事件，早已讓他成為公眾眼中成為一個窮凶極惡的罪犯——一個罪大惡極、毫無良知的累犯。因此，在反對派報紙的強烈壓力下，議會召開了一場特別會議，專門討論「蛤蟆問題」。經過數日的審議，議員們聆聽那些聲淚俱下的證人控訴他的種種罪行。最後，下議院一致通過了決議：「必須制止蛤蟆！」但問題是，該怎麼制止？事實早已證明，監獄關不住他，罰款對他來說簡直是九牛一毛，毫無作用。最後，一個提案浮出水面：禁止他使用任何機動車輛！雖然這並不能完全杜絕他的犯罪，但至少可以在他再次犯下滔天大錯之前，保護公眾的安全——畢竟，大家一致認為他肯定還會再犯。如果他的行為持續惡化，或許只有流放到澳大利亞（還得戴著鎖鏈）才能徹底解決這個問題。當然，議員們也坦承，他們不是很確定流放這種懲罰是否仍具實效，畢竟他們對當下的社會動態未必全盤了解。

因為蛤蟆從來不看報紙，他對這一切全然不知。於是，聽到希克夫・彭博利先生的解釋之後，這突如其來的打擊讓他哭得淚流滿面。軟弱、固執、愚蠢！他竟然讓區區的汽車和竊盜的行徑毀掉了他唯一可能找到真正快樂的機會！滿心絕望的他掛掉了電話，立刻躺回床上，並將律師找來，確認自己的遺囑是否妥當。

或許，這一切歸根結底還是應該怪兔子小姐，因為正是她間接促使蛤蟆去了城裡。第二天一早，她來到蛤蟆莊園，心想應該和往常被帶到陽光明媚的早餐室，聽蛤蟆興高采烈地談論他一天的計畫。然而，今天卻不一樣，她被帶上樓，穿過一條走廊，進入蛤蟆那間極為奢華的臥室。蛤蟆看起來虛弱不堪，完全沒有以往的活力與風采。他躺在床上，脖子上纏著法蘭絨（明明是盛夏的七月），顫抖的手握著一杯摻水的鹿角精[5]。

他看著兔子，聲音低得幾乎聽不見：「親愛的兔子，真高興……最後一次見到妳了。」兔子活力十足地問：「噢，你也要去城裡嗎？因為我……」蛤蟆的聲音顫抖，臉色蒼白，滿是淚痕說：「不，我想……我旅行的日子已經結束了。」他咳了一聲，夾雜著一絲喘嗚。兔子這才意識到事情不妙，大聲驚呼：「親愛的蛤蟆，你病了！」

5 當時常見的藥用飲品，由鹿角粉與水混合而成，用於緩解不適。

蛤蟆皺了皺眉。「拜託……我的耳朵不像從前那麼好了，眼睛也……你能不能把窗簾再拉開一點？雖然我並不樂意，但也許……也許這將是我最後一次看到藍天了。」說完，他發出一聲痛苦的嘆息。

兔子見狀後立刻跪在床邊，握住他一隻手，輕輕揉搓著。

「蛤蟆，你真的病了！你叫醫生來了嗎？」她問。「是牙齒的問題嗎？我的牙齒也痛死了！明天我就要去城裡看牙醫，所以……」

「不是我的牙齒，」蛤蟆用刻薄的聲調打斷她，一瞬間戰勝了疲憊，接著哀聲說：「不，這一切都毫無意義了。一切都結束了，徹底……結束了。」

「如果不是牙痛，那到底發生了什麼事？」兔子問。「你昨天還那麼精神抖擻！不是還說準備買摩托車嗎？」她的話還沒說完，就被蛤蟆一聲淒厲的哀嚎打斷了。

他掩面痛哭，抽泣聲混雜著手帕不斷揮動的聲音，終於將事情的來龍去脈斷斷續續地倒了出來。由於情緒激動，故事的敘述一團糟，許多關鍵細節被忽略了——例如現在賣摩托車給他是非法的，不只是「建議不要」。因此也難怪兔子誤以為事情的癥結只是送貨安排出了問題。「好了，好了，」她輕輕拍了拍蛤蟆的手說。「我相信這只是個誤會。或許，如果你能親自和希克夫．彭博利先生面對面談談。」

蛤蟆抽泣著說：「不可能，唉……我進城遊蕩的日子已經過去了，全都過去了。再也不會有了……」就在這時，蛤蟆突然安靜下來，嘴巴張得大大的，原本黯淡的眼神燃起了一絲新的火花。他把手帕丟在床罩上，嘴裡喃喃著：「噢！」過了一會兒，他又說：「噢，我的天！」最後，他說：「有何不可呢？也許這真的可行。」但他並沒有對兔子解釋自己突然想到的計畫。兔子看他坐起身來，開始啃著用淡茶泡軟的吐司，圓滾滾的臉上露出若有所思的神情。幾分鐘後，當她離開時，不禁感到寬慰，因為蛤蟆看起來比剛才好了許多。

無論如何，當兔子第二天早上發現蛤蟆居然和她搭同一班火車進城時，確實驚訝不已。當時，她正沿著頭等車廂的走廊走著，一邊焦急地翻找小手提包。她明明把二等車票放在安全的地方（以免弄丟），但現在居然找不到了，真的，明明剛才還在的，怎麼就已經弄丟了呢？難道是放進籃子裡了？不，也沒壓在三明治下面……噢，原來在這裡！她終於在手套的袖口裡找到了車票。就在這時，她突然從窗簾緊閉的包廂門縫中，看到一隻淚汪汪的眼睛向外窺探——是蛤蟆！

「哎呀——蛤蟆！」兔子驚喜地喊。「你看起來比昨天好多了！我不知道你也要去。」她的話還沒說完，蛤蟆立刻「噓」了一聲，「別說出我的名字！」緊張地一手將她拉進包廂，隨後啪一聲關上了門，甚至拉緊了所有的窗簾，包廂裡顯得非常悶熱。「小聲點！他們可能在追我。」蛤蟆滿臉驚慌地說。

兔子一臉疑惑：「什麼？誰在追你？蛤蟆，你該不會沒買票吧？」

「我當然買了！」蛤蟆氣憤地低聲說。雖然當他忘了帶錢時，試圖不付錢混過去對他來說也不是不可能的事，但今天他確實買了票，兔子這樣的懷疑讓他覺得品格受到了侮辱。他壓低聲音補充：「我是說老獾和河鼠。他們可能在車站附近鬼鬼祟祟，想攔住我。」

火車微微一震，開始前進。

「噢，不會的！」兔子安慰著說。「不到一刻鐘前，我離開小屋時正好看到他們。他們來找貝蘿，但我什麼都沒說就悄悄地溜了出來，免得錯過火車。」聽到這話，蛤蟆一屁股坐到椅子上，鬆了口氣，用手帕擦了擦額頭上的汗水。「這麼說來，我就安全了！蛤蟆成功擺脫了他們的束縛！我再次證明了自己是個天才，狡猾的典範！」

他咯咯笑著，拉一下百葉窗迅速捲了上去，窗外的鄉村景色飛快地掠過，毫無老獾或河鼠的影子。

「請坐，請坐，」好客的蛤蟆豪邁地說。「嗯，如果你覺得我應該坐這裡的話，」兔子回答，「畢竟我只有二等車票。不過你看起來比昨天有精神多了！你是要去城裡看醫生嗎？」蛤蟆突然放聲大笑。「醫生？醫生？他們都這麼想！我騙過了大家——河鼠、老獾，他們全都被我騙了！我告訴河鼠我要去城裡看牙醫。」

「你也是嗎？昨天不舒服是因為牙痛嗎？我知道你提到了摩托車的問題，但我早就猜到事情不可能僅僅是那個！我不知道你也有牙痛的困擾。早點告訴我，我就能推薦我的牙醫給你了。他技術超棒，而且溫柔又有禮貌！」說著，她開始翻找寫著牙醫地址的小紙條：在她的小手提包裡，在她鮮豔的格紋披肩口袋裡，甚至在她的手套裡……啊，原來在這裡！她突然想起，貝蘿之前貼心地把紙條別在她的翻領上，以免她弄丟。

「不不不，我親愛的姑娘。」蛤蟆咧嘴一笑，露出一口完全缺牙的嘴巴，讓兔子看了不好意思地臉紅。「我騙過了所有大家，」他又得意洋洋地說。「不，我是進城去挑摩托車的。」兔子倒吸了一口氣。「噢，蛤蟆！你膽子好大！可是車行的那位先生說……」

「別管他說什麼！我會走進去—非常隨意地，就像我只是去晃晃——然後要求看看他們最大、最漂亮的摩托車——最後，我會付現金。」他從錦緞背心裡掏出一捆厚厚的鈔票。「然後直接騎回家！」

「噢，蛤蟆！真是個聰明的主意！這樣不會留下名字，他們就無法拒絕你了！但是……你會騎摩托車嗎？」蛤蟆聳了聳肩。「我會叫他們教我，但我想應該跟開汽車差不多。對我來說，這肯定不會是什麼難事！」

「也許就像騎自行車呢！」兔子說。「畢竟都是兩輪的嘛！我可是個很有經驗的自行車騎手——我有一輛拉蒙公主自行車，」她驕傲地補充：「它是閃亮的紅色，還有一個最可愛的小籃子。」

「也許有那麼一點像自行車吧，」蛤蟆用一種居高臨下的語氣說。「紅色！當然得是紅色的摩托車，全世界最紅的那種！」

兔子有點難過地說：「可是我卻得錯過這一切。我得去看牙醫，等我結束時，你可能早就出發了，在鄉間轟鳴著疾馳而過！我真想看到那一幕。」

蛤蟆親切地安慰，「沒關係，等你回到河岸時，就可以看我騎車到處繞了。」

到了城裡，蛤蟆揮手攔下了第一輛馬車，很快便來到了希克夫・彭博利摩托車行。眼前的一切的確跟他幻想的一模一樣，是個令人驚嘆的地方，如同阿拉丁的寶藏洞穴。敞開的高大雙開門氣派非凡，像是在邀請全世界的目光駐足！左邊是展示廳，大大的窗戶透出一角奇觀：鍍鉻的車把反射著湛藍的天空、陽光在多面車燈上閃爍。右邊則是一個車庫，四扇綠色折疊門微微敞開，露出陰暗洞窟的神祕一角：裡面充滿各種機械，還有沾著油汙、穿著工作服忙碌的技師。這一切的上方，高掛著一塊閃亮的深藍色招牌，上面用白字寫著：「希克夫·彭博利摩托車行：貴族的摩托車。」

蛤蟆大搖大擺地走進了涼爽幽暗的展示廳。他的目光四處掃視，但他得到的接待卻讓他大感失望。這裡的確有六、七輛摩托車，車身閃耀著黑色、綠色和午夜藍（可惜並沒有紅色），但是被垂掛在黃銅桿上的紅色絲絨繩圈住。展示廳裡有五、六個衣著講究的店員，筆直地站後方，像一排整齊的蒲葦。而在這一切中間，就是他，蛤蟆莊園的蛤蟆、富有的冒險家、城裡的蛤蟆！不過隱姓埋名也有不利之處，以往他以自己的名義走進展示廳時，急忙來迎接的笑臉都不見蹤影。

那些衣著講究的店員終於意識到這位不明身分的訪客並不打算只

是隨便看看就離開時，其中一位慢悠悠地從房間的那一頭走了過來，傲慢地問：「我能為您做些什麼嗎？」語氣中刻意強調了「您」這個詞。蛤蟆立刻挺起他那不算多高的身軀。「不，你不能！我只跟你們的老闆打交道，因為我是……」話說到一半，他猛然意識到蛤蟆莊園的蛤蟆不僅不受歡迎，甚至他的光臨本身都是非法的！現在這位店員正居高臨下地看著他——那是鄙視嗎？他努力擺出一副自信的樣子補充：「我是綠林先生，世界聞名的摩托車手。」

「綠林先生……？」店員若有所思地說，然後打了個手勢。另一位店員慢吞吞地從同伴中走了出來，疑惑地看著他們兩個。第一個店員說：「傑瓦斯先生，這位是『著名』的摩托車手綠林先生。也許你聽說過他……？」蛤蟆能聽出「著名」這個詞被加重了語氣。第二位店員從他長長的鼻子下端仔細打量蛤蟆。「或許這位，呃，綠林先生找錯地方了？」蛤蟆揮舞著鈔票說：「我會付現。」

「噢，綠林先生！」兩個店員立刻異口同聲地說。「當然！著名的綠林先生！」

接下來，一切變得順利多了。希克夫・彭博利先生從辦公室被請了出來，出場時的鞠躬和謙恭讓蛤蟆十分滿意。紅色絲絨繩被撤走，每一輛摩托車依次被推出展示廳，停在人行道上，陽光照耀下熠熠生輝。每一輛車都被店員用最溢美的詞彙描述，搭配剛剛好的技術規格參考，以免聽起來太過於奉承——儘管整場展示顯然就是在迎合蛤蟆的情感需求。

摩托車一輛接一輛地被檢查、啟動、引擎聲轟然作響，最後都被蛤蟆宣布不合格。當他走到最後一輛時，他停下腳步，沉思了一會兒。這是一輛達斯利巡遊X——最大、最閃亮、最響亮，也最具速度的車型。車身塗上濃郁的暗綠色，這顏色或許能讓那些富於詩意的人聯想到挪威的松林，但很可惜並不是紅色。他最終還是拒絕了。

接著，銷售員最害怕的時刻來了。蛤蟆最後問了一句：「你們就只有這些了嗎？」「嗯……」希克夫．彭博利先生飛快地思索著，然後說：「我們當然可以從工廠訂購其他車型給您。我們有許多目錄，如果您想看……」「哼！」蛤蟆打斷他。「不過我們這裡目前沒有別的車了，除了那輛紅色的無與倫比……」

「無與倫比！」店員們恭敬地重複說著。「但那是一輛競速摩托車，先生，完全不適合日常騎行。」希克夫．彭博利先生補充。

「競速摩托車！老闆，給我看看那輛無與倫比吧，」蛤蟆用威嚴的口吻說。「你說是紅色的？」「非常紅，」希克夫．彭博利先生回答。「那種紅色通常只會出現在最張揚的汽車上。不過，我甚至不應該提起它！不幸的是，這輛無與倫比現在完全沒辦法展示。技師正在調整化油器，所以它在車庫裡被拆得七零八落。現在無法展示，也許下週吧！」但蛤蟆只是堅決地搖頭。「不，絕對不行！立刻給我看！你為什麼不早點告訴我？這樣就能省下彼此的時間了！一輛紅色的競速摩托車！難道你以為這些普通的機械能配得上我這樣一位世界著名的摩托車手嗎？」

「可是零件都拆下來了，」希克夫．彭博利先生無奈地說。「那就裝回去啊，老闆。我會等技師做完調整。與此同時，我們可以討論一些額外的配備，比如一套皮革騎行服、一頂安全帽、一些袋子，還有其他的小東西。我會直接穿上騎行服和安全帽，但其他東西可以寄到……」他差點脫口說出「蛤蟆莊園」，但及時止住了。由於鼴鼠看起來是最不可能拒絕收貨的動物，他改口說：「寄給綠林先生，由鼴鼠先生代收，鼴鼠隱園，靠近河岸。」希克夫．彭博利先生皺起眉頭。

「河岸？那裡住著一個聲名狼藉的蛤蟆。」

蛤蟆立刻露出他最無辜、最迷人的笑容。「噢，那個蛤蟆啊！他可是河岸的英雄，以他的膽識和英勇事蹟聞名！簡直可以說是一個傳奇人物，也是那一帶的大人物。不過，我們還是別談他了。」看到希克夫．彭博利先生的表情，他匆忙改口。「其實，他到哪裡都不怎麼受歡迎。」

技師花了不少時間才將他剛剛拆下的零件重新裝回去（而且全程抱怨不斷，因為他對這輛無與倫比的熱愛，幾乎像馬伕對他們心愛的馬匹那樣深厚）。不過，這段等待的時間對蛤蟆和希克夫．彭博利先生來說，倒是相當愉快——他忙著買下所有能與摩托車沾上邊的商品。期間還出現了一些小插曲，因為蛤蟆堅持要雇一位司機來專門維護他的摩托車。希克夫．彭博利先生樂得幫忙，鼴鼠——或者更準確地說，是鼴鼠的地址——再次派上了用場，儘管當事鼴鼠本人完全被蒙在鼓裡。按照安排，司機會先到鼴鼠隱園報到，再被派往蛤蟆莊園，而（蛤蟆推斷）到了那時，就算有人想阻止也已經太遲了。

不到一小時之後，技師終於安裝好化油器，而蛤蟆此刻正在鏡子前試穿新買的騎行服和安全帽。他看著那閃閃發光的皮革，對自己的英姿感到十分滿意。就在這時，他眼角瞥見那輛紅色和鍍鉻的無與倫比被推上了人行道。他不禁發出了一聲呻吟。「先生？」希克夫・彭博利先生問。「您還好嗎？」

「天啊！天啊！那美麗的——那天使般的存在！」蛤蟆哀號，腳步彷彿被看不見的繩子牽引著，走出展示廳。那輛無與倫比就這樣靜靜地站在他面前：纖細、流線，卻散發著一種致命的氣勢。這是一件虛榮、無用、高調的物品（在性格上與蛤蟆本人極其相似，儘管外形未必如此）。然而，這台明顯是紅色的機械，即使完全不動，也能讓人感受到那種不顧一切的速度感。

「這……這要怎麼發動？」蛤蟆舔了舔乾燥的嘴唇問。他感到心臟在胸口撲通直跳——從來沒有任何東西像這輛無與倫比這樣美麗！技師皺了皺眉。「我還以為你是一位偉大的摩托車手呢，先生。無與倫比確實是一件美物，但它的啟動方式和其他摩托車沒什麼不同。先生，你只需要爬上去，然後就像這樣調整化油器，然後再……」

但已經太遲了。技師剛說出第一句話，蛤蟆就已經爬上了皮革座椅，雙手勉強握住車把，腳尖剛好能踩到腳踏板。所有的建議和警告都被他完全拋到腦後，只聽他大喊：「讓開！」接著踩動油門，放開離合器。無與倫比猛然向前衝出，車輪一下撞上路面上的鵝卵石，重重翻倒在地。蛤蟆迅速跳開，而無與倫比則在路面上側翻滑行，留下了一道由腳踏板、電纜線、變速桿、閥門蓋、暗色液體和難以辨認的金屬碎片組成的慘烈痕跡。

一片哀號聲同時響起：「無與倫比！」

蛤蟆因為他特有的圓滾滾體型，在地上滾了好一段距離，最後撞上停在帽店外的一輛嬰兒車。裡面的嬰兒立刻哇哇大哭。希克夫・彭博利先生和技師急忙跑到蛤蟆倒地的地方，卻發現他氣喘吁吁但毫髮無傷，於是抓住了他。希克夫・彭博利先生喊：「綠林先生！您還好嗎？」但技師卻對旁觀者大喊：「喂！去叫警察！他毀了一輛寶貴的摩托車，應該被起訴！」嬰兒車裡的嬰兒嚎啕大哭，小小的身軀竟能發出如此洪亮的聲音，著實令人驚訝。

希克夫・彭博利先生驚呼：「麥克，我們當然不會叫警察！綠林先生會支付修理費，僅此而已。」快速思索後的蛤蟆裝作痛苦地呻吟了一聲，然後睜開一隻眼睛，用虛弱的聲音沙啞地說：「我……在哪裡？」希克夫・彭博利先生欣喜地喊：「先生，您還活著！您能坐起來嗎？您……」蛤蟆喘著氣說：「無與倫比……有點……不對勁，」他帶著責備（但虛弱）的眼神望向技師。「才沒有！」技師立刻大聲反駁，退後了一步。「它的狀態完全正常！」蛤蟆更加堅定地說：「絕對有問題。」希克夫・彭博利先生疑惑地看著他們兩個來回爭執。為了搞定這件事，蛤蟆繼續說：「身為世界知名的摩托車手，我最懂這些。化油器的安裝不正確。」技師再反駁：「不！」希克夫・彭博利先生開了口：「先生……」

就在這時，嬰兒車裡嚎啕大哭的嬰兒的保母匆匆從帽店裡跑了出來。她本來只是打算暫時離開一下，試戴一頂在店鋪櫥窗裡吸引了她目光的帽子——一頂非常迷人的軟帽，上面有格紋緞帶和玫瑰花結，非常適合休半天假時戴。然而，那頂帽子並不適合她，但店裡又有另一頂，幾乎同樣迷人，還有第三頂，甚至更好一點。於是，她不知不覺被捲入了一場討論：鴿子羽毛是否適合插在緊邊軟帽上？或者是否已經過時？他們就這麼討論起來了，但她並未完全忘記外面的嬰兒車，一直留意著店外。現在外面爭論不休，摩托車零件散落一地，她擠過這片亂糟糟的場景，把她那哭鬧不止的照看對象抱了起來。

她輕聲哄著懷裡的嬰兒：「噢，小寶寶害怕了嗎？是不是被這些壞人嚇到了？」隨即怒視著周圍的人。她簡直是現代保母的典範：標準配備的剛硬下巴，樸素的黑色長裙配上乾淨的白色圍裙——儘管她頭上的帽子稍微削弱了這種典型印象。那是一頂讓人無法忽視的帽子：難以置信的鮮黃色草編，上面插著染成蕨綠和橄欖綠的鴕鳥羽毛，還配有黃綠相間的格紋緞帶。

「想也知道，我不會接受這輛有缺陷的無與倫比！」蛤蟆非常堅定地說。「而且我也不會支付修理費。事實上，你們應該慶幸沒有造成更嚴重的損害，而我選擇不提告。」這時，女帽店的老闆瑟萊斯特夫人——她的店鋪招牌上清楚地寫著她的名字——從店裡走出來，用誇張的法國口音喊：「我的帽子，夫人！我的寶貝帽子！」

「什麼？」技師驚呼。「這些可惡的男人，聲音那麼大！」保母對仍在哭鬧的嬰兒說，語氣中帶著責備。「我的帽子！」瑟萊斯特夫人再次尖叫。「立刻摘掉，夫人，立刻！這是偷竊！」

「你們讓我駕駛一輛有缺陷的摩托車，」蛤蟆對希克夫・彭博利先生解釋。「如果我覺得有必要對我所受到的傷害提起訴訟，沒有人會感到驚訝……」他試探性地咳了一聲。「噢，先生……」希克夫・彭博利先生痛苦地插話。

保母怒視瑟萊斯特夫人，但只是對孩子輕聲哄：「噢，那個賣帽子的女人真壞，是不是？小寶寶現在最重要，對不對？那個壞帽子女人就只能等到小寶寶安靜下來，我才會理她，好不好，我的小寶貝？」

蛤蟆繼續說：「不過，我是一個寬宏大量的動物。我的朋友們總說我太過容易原諒別人，但這就是我。我要換成那一輛。」他指了那輛暗綠色的達斯利巡遊X。「那輛達斯利？」技師和希克夫・彭博利先生異口同聲地說。

此時，瑟萊斯特夫人一把伸手試圖把保母頭上的帽子扯下來，而保母則高舉一隻手護住自己，因為帽子上插著好幾根帽針，於是兩人扭打了起來。

「是的，」蛤蟆說，「立刻！雖然不是紅色，也不是無與倫比——」說到這裡，他一隻眼睛泛起了淚光，「但……」他又打起精神來接著說：「它仍然是一輛壯觀的摩托車。你說它速度很快，是嗎？」

「非常快！」希克夫．彭博利先生立刻帶著重燃的希望保證，同時將扭打中的保母和瑟萊斯特夫人推開。

「而且應該也很危險吧？」蛤蟆隨意問。技師說：「在你手裡都很危險。這輛損壞的無與倫比怎麼辦？」希克夫．彭博利先生急忙補充：「而且這綠色多麼漂亮啊！」同時輕笑了一聲。「這不正是與您的名字相符嗎？」蛤蟆說：「什麼？噢，我懂了。」隨即露出了一種遺憾的笑容，咯咯笑了起來。「好吧，我就要這輛達斯利，但我期望能有個折扣。」就在這場局面進退維谷、隨時可能完全失控的時候，兔子小姐出現了，她驚呼道：「噢不！蛤蟆先生，你受傷了嗎？」

兔子的牙齒檢查得很順利，而且並不需要拔掉。牙醫只花了幾分鐘進行打磨，然後塗上一些冬青油，問題就解決了。這讓兔子立刻感覺好多了。她隨後走到公園裡，坐在一張彎曲的金屬和木頭長椅上，打開籃子吃三明治，一邊看著一個站在箱子上的男人慷慨激昂地演講。他要麼是支持政府，要麼是反對政府，兔子實在搞不清楚，但無論是哪一種，他顯然十分憤怒。吃完後，她仔細將餐巾折好放回籃子裡，看了看胸針上的小懷錶。看牙醫的時間比她預計的要久，但她還有時間去看動物園裡的獅子、老虎和企鵝。於是她就出發了。

她幾乎忘記了蛤蟆要買摩托車的事情，直到她從動物園附近的地鐵站匆匆走出來，立刻看到對街一塊閃亮的深藍色招牌，上面用白字寫著：「希克夫·彭博利摩托車行：貴族的摩托車」。店鋪前的人行道上閃閃發光地排列著一排摩托車，而幾個打扮得花枝招展的店員則聚集在店門口；但她的注意力立刻被一堆看起來可能曾是紅色摩托車的殘骸吸引住了。她再仔細一看，看到兩個男人正帶著一個垂頭喪氣的第三個身影離開。那矮小的身影身穿緊繃的皮革騎行服，頭上扣著棕色皮革安全帽——毫無疑問，正是蛤蟆！

蛤蟆竟然出了摩托車事故！兔子急忙穿過繁忙的街道，直到靠近後，她喊：「噢不！蛤蟆先生，你受傷了嗎？」

命運多舛的話語！不幸至極的話語！希克夫．彭博利先生聽到之後，立刻鬆開了蛤蟆的手臂，像被黃蜂螫了一下似的向後踉蹌了一步，而技師則是抓得更緊。「什麼？」他再次重複：「蛤蟆先生，是嗎？那個臭名昭著的罪犯？不只毀掉了我美麗的無與倫比，現在還想買這輛達斯利？」

兔子瞬間意識到自己闖了大禍，連忙補救：「噢！但你根本不是蛤蟆先生，對吧？對不起，我認錯人了！你完全是另一位，我只是錯把你當成了他。真的……」她迅速轉向希克夫．彭博利先生。此刻，他已經坐在店鋪低矮的窗檯上，臉色微微發青。兔子把手輕輕放在他的袖子上。「哎呀，他們一點也不像啊。蛤蟆先生非常高大，而且非常有氣度！我真不知道自己怎麼會犯下這樣的錯誤。不過，說真的，我的近視非常嚴重。」

「小姐，你聽好了，」技師一邊說，一邊晃動著蛤蟆那顫抖的身軀。「這就是他，沒錯！現在你一說，我就看出來了，就是那份警方通緝單上的模樣。很多年輕小姐都喜歡把心交給那些令人絕望的罪犯，但讓我告訴你，他不值得，小姐，差得遠呢。他的結局只有一個——就是絞刑！」

就在這一刻，兔子和蛤蟆聽到了全世界最不想聽到的聲音：警察的哨聲！伴隨著一個體形笨重的警察以笨拙小跑接近的腳步聲。大家都朝聲音的方向望去。就在這短暫的分神之間，蛤蟆罕見地展現出他一生中最敏捷的反應。蛤蟆趁技師鬆手，猛地抽回自己的手臂。「哈哈！」他大喊一聲，旋即飛身跳上了達斯利巡遊X的座墊。令人難以置信的是，摩托車居然一試就啟動了——達斯利廣受讚譽的可靠性果然名不虛傳！蛤蟆立刻讓摩托車轉了一圈，車輪踢起的石子四處亂飛，砸向店員們，甚至把一扇巨大的窗戶砸裂了。「哈哈！我騙了你們所有人！綠林先生——根本沒有這個人！這全都是騙局！是的，我就是他——聰明的蛤蟆、狡猾的蛤蟆！你們不肯賣我摩托車，是嗎？但我現在還不是得逞了！」

技師從震驚中回過神來，猛撲向達斯利，但蛤蟆發出一陣輕快的笑聲，摩托車直衝向他。技師急忙向一側閃開，結果撞上了氣喘吁吁、剛趕到的警察。警察大喊：「喂，喂，這到底是……」他和技師一起跌倒在鵝卵石地面上，變成了一團手腳交纏的混亂景象。旁觀者、嬰兒車和破碎的無與倫比零件全都摻雜在了一起。

蛤蟆猛然轉向，穩住車身並衝了出去！他稍稍停頓，回頭大喊了一句最後的挑釁，但在引擎的轟鳴聲中，沒有人聽清楚他說了什麼。兔子抓住機會，一躍跳上了蛤蟆的後座。警察掙扎著站起來，試圖再次撲向他們，但已經太遲了。達斯利、蛤蟆和兔子消失在一片塵土與煙霧，以及空中飛舞的鈔票和金幣之中，因為蛤蟆將購買摩托車（和裝備）的錢全都拋在身後。

蛤蟆加速離開了犯罪現場。「哈哈！我又一次成功脫身了！」他猛然左轉進入一條小巷，差點撞到一隻流浪狗。「蛤蟆太危險，不允許我靠近摩托車？」他顛簸著從小巷駛上了一條主要街道。「是的，危險！但我總能找到辦法！」他右轉閃避了一輛雙輪馬車。馬匹立刻抬起前蹄，他對倫敦生活中的種種屈辱早已習以為常，但這一幕——明顯來自鄉下的一隻蛤蟆和一隻兔子騎著大型摩托車，以危險的速度行駛——實在是太過分了。如果城裡都要被這樣的鄉下飆車流氓占據，那麼也許對一匹勤勞努力的馬來說，是該退休了。

兔子在顛簸的鵝卵石路和急轉彎間努力調整自己的姿勢。她現在坐得筆直，緊貼著蛤蟆的後背，裙擺整齊地束在身旁，雙臂盡可能抱住他的腰。雖然她的籃子不幸丟失了，但讓她感到欣慰的是，手提包依然掛在手腕上。儘管它隨著摩托車的顛簸在空中飛舞，看起來應該撐不了多久，不過目前她也無能為力，更何況她母親常說，不要為明天的煩惱操心，所以她乾脆探出頭，從他肩膀上向前望去。

這一刻的麻煩已經夠她忙的了！蛤蟆正在繁忙的街道上顛簸前行，把摩托車靈活地擠進兩條車道之間，而那些車道似乎完全由高聳的雙層巴士組成。每一輛巴士裡都滿是吃驚的臉孔，當他們呼嘯而過時，所有人都瞪大了眼睛盯著他們。但這一切竟然如此刺激，周圍的一切都在高速中呼嘯而過！那裡，驚險避開一個教堂庭院！再看那裡，差點撞到一個水果攤！還有那裡，他們驚險繞過一座紀念皇室的噴泉，水花還濺到了她的毛上！氣流猛烈地撲打著她的臉，讓她幾乎喘不過氣來。兔子發現自己不得不把耳朵向後折起來，以免風灌進耳朵讓她耳聾。

「哈哈！」蛤蟆咯咯笑著，他從來無法長時間保持閉嘴。「我是多麼聰明的蛤蟆，太聰明了，店員奈何不了我，店主奈何不了我！技師和警察也奈何不了我！有史以來最聰明的蛤蟆，智慧終究會取勝！禁止我行使購買危險機械的權利？我找到辦法了！不准我在公共道路上高速行駛？可我現在就在這裡！」

前方，緊密排列的建築中出現了一個空隙。那是一個公共廣場，圍繞著低矮的石牆，入口處有一座紀念拱門。廣場裡有布滿雕像和裝飾著銅製海豚的噴泉，還有許多行人正在悠閒散步。蛤蟆發出一聲邪惡的笑聲，猛然從兩輛巴士之間的縫隙中穿過，騎上了淺淺的臺階。（「噢噢，噢噢！」兔子驚呼。）但蛤蟆絲毫沒有減速，直接穿過拱門，衝進了廣場的人群之中。

但蛤蟆已經勢不可擋了。他放聲大喊：「我是蛤蟆，那個令人絕望又危險的蛤蟆！」他既不左轉也不右轉，而是直直地呼嘯著穿過廣場——當然，不得不承認，他對摩托車的駕駛技術仍然極為生疏。在這樣的情況下，他無論如何也無法成功急轉彎而不摔倒。鴿子驚飛，保母、狗、栗子攤販和嬰兒車四處逃散。「哈哈！」蛤蟆大笑著。「就像保齡球瓶一樣！」

然而，他的笑聲很快被一個刺耳的聲音打斷。那聲音既不祥又尖銳——警察的哨聲再次響起，壓過了人群的尖叫與驚呼，隨之而來的是令人生畏的命令：「停下！以法律的名義站住！」緊接著，第二個哨聲響起，接著是第三個！兔子回頭一看，只見身後追來無數警察，各種身材與體能水準的都有。「他們在追我們！」她驚叫。蛤蟆回頭看了一眼，放聲大笑：「讓他們喊吧！讓他們吼吧！讓他們盡量吹哨，直到把臉吹成青色吧！他們抓不住我！我，我是無法阻擋的蛤蟆，道路的主宰，機械的惡魔！讓他們詛咒吧，設下陷阱吧，我會全部逃脫！」但隨後出現了最可怕的聲音，一輛警車警笛聲刺耳地叫著，要他們停下——而且就在他們的前方！事實上，警車停在了拱門處，也就是廣場的唯一出口。

「哈哈！」蛤蟆笑，但語氣中已經透出了一絲不確定。「噢，小心！」兔子突然驚呼。她的目光越過蛤蟆的肩膀，看到一群年輕姑娘正走到他們前方的路上，手裡都提著早上購物的戰利品，而蛤蟆的注意力卻還完全放在前追後趕的警察身上。就在千鈞一髮之際，蛤蟆猛然轉向，年輕姑娘們驚叫著四散逃開，紙箱和包裹也隨之紛飛。他們的情況變得更糟！第二輛警車加入，並肩堵住了拱門，僅僅留下了大約六十公分的空隙。而警察們開始從四面八方蜂擁而現。

「呵呵，」蛤蟆笑了一聲，但露出了氣餒的跡象。「不，不要減速！」兔子喊，因為蛤蟆突然垂下了身子，第一滴淚珠滾下臉頰，順著風飛向後方，濺在了兔子的毛上。「不，我現在明白了！」蛤蟆啜泣著，速度又慢了一些。「我們被困住了，我們完蛋了！每個出口都被封住了——我們永遠也逃不掉！我們會被帶到監獄裡，關上一百年，甚至兩百年。鐐銬、麵包和水、絞索，然後五馬分屍！我的生活怎麼會落到這步田地？我怎麼這麼倒霉、這麼不幸！」

蛤蟆放聲啜泣，速度進一步減慢。後方氣喘吁吁地警察見狀都歡呼了起來（畢竟徒步穿過擁擠人群追趕摩托車可不是件容易的事，對於不胖的警察來說都很累了，更何況其中許多身材圓潤）。他們咬緊牙關，喘著第二口氣（或者對某些人來說，是第三口氣），繼續奮力追趕。而拱門處的警車裡，警察們露出了凶狠的笑容。他們心裡都明白，抓住臭名昭著的蛤蟆不只代表升遷和加薪，還能換來兩週由納稅人買單的海濱度假。

「唉呀！」蛤蟆哭泣著。但兔子突然在蛤蟆的腰上狠狠掐了一把，蛤蟆立刻坐直，摩托車隨即一個急轉彎，巧妙地避開了前方一位不巧帶著一排戴黃帽的小姑娘穿越道路的修女。「你哪裡不幸了！運氣是自己創造的！」這話讓蛤蟆精神稍稍振作了一些。

「很簡單，」兔子繼續在他耳邊說，如果仔細想想，她的語氣非常理智。「如果你不想進監獄，那就不要被抓呀！」

「當然了！」反覆無常的蛤蟆喊。「如此簡單而巧妙的解決方案！不要被抓住！天才！我肯定也會想到，但你做得很好，兔子！」兔子謙虛地回答：「如果你這麼認為的話。」但蛤蟆沒有理會，因為他已經再次成為那個行動果斷的蛤蟆。他加速，將達斯利對準了兩輛警車之間的縫隙。那縫隙確實非常窄！他們一定會被擋住吧！但蛤蟆毫不畏懼——他堅信那縫隙夠寬。當達斯利呼嘯著穿過時，他還故作滑稽地從車座上比劃了一個假鞠躬。不幸的是，這個得意忘形的動作讓他一隻手離開了車把，摩托車隨即晃了一下。看到機會，一個警察迅速伸手去抓——但沒有成功，因為兔子迅速緊抱住蛤蟆，同時用她的小靴子踢開了那名警察。她這一踢並不粗魯，絕對不失淑女風範。即使如此，警察還是摔倒在地，痛苦地抱著腹部，咬牙切齒。

他們成功通過了！蛤蟆沿著大道疾馳，甩開了警車和徒步追趕的警察。他向右轉，再向左，再一次右轉，穿過一條狹巷，再經過一片公園；從一家旅館的拱門下穿過，衝進了後巷。蛤蟆（和兔子）在熙攘的街道上飛速穿行，人群在他如雷般的轟鳴聲中紛紛四散逃開，甚至還有人因為過度慌張，一頭栽進垃圾桶裡，或者跌進了那些驚訝但不排斥敞開的商店大門，這一切讓蛤蟆看得哈哈大笑。兔子的重量對他來說是個麻煩，他覺得她讓摩托車的速度減慢了一些，但至少她不像許多女性那樣尖叫不止，而且多次用腳幫忙踢開試圖攔阻的行人。後方的警笛聲和哨聲逐漸變得微弱，直到完全聽不見，最後一輛警車也遠遠落在了後面。

但蛤蟆絲毫沒有減速，無論如何也不停下來。他們騎進了城裡的一片工業區，四周工廠向天空咳吐出黑煙。兔子不得不緊閉雙眼，以免空中的煤渣進入眼中。蛤蟆戴著希克夫·彭博利的安全帽和護目鏡，絲毫不受干擾，沿著滿是笨重馬車和冒著濃濃灰煙的機動卡車的道路飛馳。隨著達斯利呼嘯而過，城鎮的景象逐漸被郊區取代——一排排連棟別墅、一個個失修的公園，以及因疏於管理而變得乾枯的板球場。

「他們怎麼能這樣生活？」兔子突然大聲說。蛤蟆一直滔滔不絕地自我讚美，那種自吹自擂的內容很快就變得乏味至極，不值一記；

但聽到這句話時，他停了下來，微微歪著他圓圓的腦袋問：「你說什麼？」「別停下來，看路啊！」兔子喊，因為他們正駛入一個小商業區，裡面有菸草店、藥房、書店和五金行，全都顯得髒兮兮的、破敗不堪，還很擁擠。「我是說這些人。所有的一切——都好陰鬱！連樹木都看起來灰濛濛的。」她說得沒錯，道路兩旁的榆樹、白楊樹和橡樹都覆滿了灰塵，看起來乾巴巴的。

「他們一定喜歡這樣！」蛤蟆難得一本正經地說。「不然為什麼要待在這裡？」「我真不明白他們怎麼會喜歡這裡，」她說。「他們一定是被迫留在這裡的，也許是因為那種人們常說的工作。那一定是只有在城裡才能做的事情。」

「啊，工作，」蛤蟆說，彷彿他也聽說過這個詞。「反正讓他們變得緩慢，」他又開始咯咯笑起來。「太慢了，抓不住我！我太快了，沒有人追得上！閃電、雷鳴、颶風！」說完，他再次向前衝。

郊區逐漸退去，取而代之的是一片寧靜而燦爛的午後鄉野。一條寬闊的鄉間小路在他們面前延伸開來。經歷了狹窄的街巷、顛簸的鵝卵石和擁擠的人群後，蛤蟆再也無法壓抑自己的興奮。他催下油門，猛然向前衝去，捲起了一片塵土。兔子被突如其來的加速嚇得叫出聲，緊緊抓住了蛤蟆。「哎呀，別掐了！」蛤蟆轉過頭喊。「你親眼看到了！你見證了我的勝利，我的榮耀！」「是的，蛤蟆！」她在風中大聲回應。「告訴我……」

但蛤蟆正得意忘形地說著。「哈哈！誰能從每個陷阱中逃脫？蛤蟆，只有蛤蟆！誰又一次從他們手中溜走？當然，是蛤蟆！他們也許想抓住我，想抓住這輛光輝的摩托車，但這是不可能的！一次又一次，我從他們的手中溜走！嘿嘿！狡猾如狐狸，才智更勝一籌！」兔子視線越過蛤蟆的肩膀向前看去，注意到道路右側稍遠的地方有一家酒館。這並不是那種高檔的馬車客棧，而是普通的鄉村酒館，供應著不錯的啤酒，周圍瀰漫著菸霧般的氣味。在他們前方三、四百公尺處，小路突然出現左右兩邊的岔路。「現在怎麼辦？」兔子大聲喊。

「蛤蟆，公路上的噩夢！蛤蟆……要騎哪邊？」蛤蟆用完全不同的語氣問。兔子只是簡短回了一句：「要去哪裡？要停下來嗎？」蛤蟆的速度稍稍慢了下來。

最終，一隻狗替他們做了決定。就像每一家有模有樣的鄉村酒館，這家也有一隻忠於職守的狗——大小適中、動作敏捷、聲勢驚人，而且對於是否授予經過者通行權有著非常強烈的看法。穿著騎行服的蛤蟆不太熟練地控制的大型摩托車，後座還載著穿著行走裙的兔子，這副景象並不屬於正常範圍。而摩托車似乎有減速的跡象，好像要停下來，這更讓事情完全超越了容忍的邊界。看到自己的職責所在，那隻狗立刻跳起來，從酒館庭院中以全速奔出，又吠又叫。蛤蟆驚叫了一聲，猛然加速，笨重的身體扭轉著想閃避那隻狗。兔子這時喊著：「小心！」

但已經太遲了。蛤蟆一頭撞上了路牌。達斯利撞得扭曲變形，而蛤蟆和兔子則翻過車把，翻筋斗似地摔進了路旁溝渠裡的黑莓灌木叢中。那隻狗飛快地追了過來，開始狂吠並嗅來嗅去。牠的目標——徹底摧毀摩托車——現在不重要了，但牠還是覺得從這混亂中撈些樂趣是完全合理的！要不是被這些該死的黑莓刺阻擋了，牠可能還有機會對其中一位可憐騎士咬上一口，再狠搖幾下。

兔子機警地將蛤蟆拖進更深的灌木叢，而蛤蟆完全幫不上忙，只顧著在地上打滾，抱頭哀嚎：「噢，天哪！噢，真不幸啊！」隨後就昏了過去。身為一隻鄉下的狗，性格務實，很快就意識到自己沒有機會實現雄心，便返回了酒館，留下這對倒霉的摩托車騎士留在灌木叢中，任由他們自生自滅。

Chapter 6

睡蓮

不是河壩的問題。而是那座島⋯⋯

我們動物不去那裡，就是這樣。

那裡很危險，真的，但我無法確切告訴你為什麼。

貝蘿坐在客廳的小寫字檯前，滿意地嘆了口氣，放下了鋼筆。整個早上，她都努力不懈地全心寫作。她之前對反派的陰謀總感到不滿，好像這些陰謀只是為了替女主角製造困惑而已，那些行為既不合理，又與反派的目標完全相悖，究竟有什麼動機能解釋呢？然而，她昨晚終於找到了答案——也許反派瘋了！還有什麼比這個更好的安排呢？於是貝蘿瘋狂地花了好幾個小時，寫出發生在瘋人院的場景，準備插入前面的其中一個章節，來建立這個角色的形象。而現在，她感受到那短暫、愉快、自滿的疲憊感，因為她在午餐前已經辛苦完成了工作，接下來的一整個下午，她就可以心安理得地做些不那麼重要、不那麼勞神的事情了。

當她整齊地將新寫好的頁面疊好後，望向了書桌旁的窗外。今天依然是一個美麗的日子——這個夏天真是美不勝收，完美無瑕，彷彿河岸都在努力向新住客展示自己最美好的一面。她該做些什麼呢？嗯，什麼都行，但喝著檸檬水、躺在栗樹上的吊床裡看冒險小說（作為研究）似乎是個很充實的選擇。只是吊床可能離河邊小徑有點太近了，總會有其他動物經過，也許會想和她聊上幾句。但這是怎麼回事？她驚訝地看到老獾和河鼠的身影正從河邊小徑朝她的草坪走來，鼴鼠落後幾步，好像有點不高興。老獾手裡拿著一份報紙。貝蘿走出門迎接他們。「各位，早安！」她說，「真是個令人愉快的驚喜！」

「不會持續太久的驚喜。」河鼠嚴肅地說。「你看過今天城裡的報紙了嗎？」老獾開門見山地問。「我一直忙著工作。」她帶著一絲自豪回答，「再說了，我們這裡也收不到報紙。怎麼了？發生什麼事？是洛蒂嗎？」她突然警覺起來，「她昨晚沒回家，是不是出了什麼事？」

「所以她不在這裡。」老獾說。貝蘿回答：「我以為她的牙痛問題可能還需要再次治療，所以待在俱樂部過夜，忘了發電報給我。這完全是她會做的事。」河鼠突然喊：「那麼這一切都是真的！」老獾嚴厲地說：「河鼠，我們還不知道什麼是真的。」貝蘿目光在他們臉上來回打量：「什麼？什麼是真的，或者可能不是真的？」

老獾沒有再說話，只是把報紙遞給她。報紙已經摺好，露出頭版的一篇文章。她迅速掃了一眼標題。

臭名昭彰的蛤蟆橫行無忌！

貴重摩托車被毀、被偷

年輕兔子遭卑劣兩棲動物綁架

蘇格蘭場表示：「他們可能在任何地方。」

標題下方是一張有點模糊的照片，拍的是一輛行駛在城鎮街道上的摩托車。相機從後方拍攝，但依然能看清楚騎車的是一個身材豐潤（但還不至於說是肥胖）的身影，穿著皮革騎行服，還有另一個纖細的身影。貝蘿立刻從她的長裙和帽子認出了是兔子。她抬起頭，憂心忡忡地看向其他動物。

「繼續讀下去，鼴鼠小姐，」老獾語氣沉重地說，「這份報紙是我從野森林裡一隻白鼬那裡拿來的。他說我可能會想看看『我們的朋友蛤蟆』的消息。哼！我倒是因為他的放肆態度狠狠給了他一拳。不過……嗯，你繼續讀下去吧。這篇文章雖然聳人聽聞又誇大其詞，但裡面或許有幾分真相。」

貝蘿快速瀏覽了文章。內容冗長，語氣激動，因為這並不是那種冷靜分析國家事務的穩重報導，而是最具煽動性的新聞，華而不實，絢麗張揚，如同豔陽般刺眼，又帶著誇大不實的情色主題。報導上面說，一名危險的罪犯（即蛤蟆）殘暴地恐嚇了一家知名店鋪的老闆及員工，其中包括一名技師、一位受人尊敬的保母，以及一位德高望重的寡婦（即瑟萊斯特夫人，她是傑羅尼莫・托馬斯・韋伯先生的遺孀）。此外，數十名路人也未能倖免於他的胡作非為。蛤蟆不僅肆意摧毀了一輛珍貴的競速摩托車和一扇昂貴的玻璃窗，還笑著威脅要把一名受驚的嬰兒丟進垃圾桶。一隻無辜的兔子恰巧經過，當場認出了這位臭名昭著的罪犯，於是蛤蟆便迅速將她一把抓住，丟上旁邊的一輛摩托車，隨即騎車逃跑，留下她的尖叫聲。雖然勇敢的警察試圖攔截，但完全無濟於事。蛤蟆一路橫衝直撞，完全無視交通規則（至少這部分是真的），最終讓警方的追捕無果。他們認為蛤蟆藏匿於英格蘭家鄉郡的祕密藏身地，被視為極度危險。報導還補充說，城內多位重要的牧師已開始為這名不幸的兔子祈禱，希望她能早日獲釋。（至於蛤蟆逃跑時散落的金幣，報導隻字未提。但目擊者默默達成共識，這更像是意外之財而非有意付款。而警方的追捕初期，也因數十人忙著撿拾滾落的硬幣和飛舞的鈔票而被耽誤了。）

一般讀者或許會錯以為這隻蛤蟆是黑色准男爵[6]和克里平醫生[7]的綜合體，但即使撇開報導中明顯的誇大之詞不談，現在的情況對蛤蟆來說仍然相當不妙。貝蘿說：「我無法相信洛蒂會鼓勵蛤蟆這些……這些胡作非為！不管怎麼說，他並沒有挾持她為人質。」老獾回應貝蘿嘆了口氣：「是啊，我相信她是心甘情願參與的，即使她並不是始作俑者。這讓我想到那次搶銀行的不幸事件——簡直一模一樣。」「也許這是他們兩個計畫好的事情。」河鼠猜測。

6 Black Bart：十九世紀美國著名的公共馬車劫匪。
7 Dr Crippen：二十世紀初英國著名的謀殺犯，因殺害妻子並企圖逃亡而被捕。

「我不這麼認為。」貝蘿說，「洛蒂不是一個有條理的人，而蛤蟆從來就不像是那種能制定計畫的人。」河鼠問：「那麼，他們現在在哪裡？蛤蟆不能回來這裡，大家都在找他。他也無法逃到其他地方——他會被認出來，那就等於完蛋了。我想，他或許只能逃到歐洲大陸去了——可是那裡也會有人搜查，更別說機場和港口的檢查了。蛤蟆真是個大蠢驢！老獾，我知道……」他忽然注意到老獾帶著責備的眼神看著他，趕忙補充：「我當然也很擔心他，還有兔子小姐。但說真的，在仲夏做出這麼愚蠢的事情！這是我們一年中最忙的時候啊！這實在是太過分了！當然，我不是要抱怨，因為事情已經夠糟糕了，但話又說回來，這就是事實。」

大家都點了點頭。確實，情況正是如此。

在幾乎一片沉默中，貝蘿為大家準備了上午茶；在幾乎一片沉默中，他們默默地接受；在幾乎一片沉默中，他們坐在栗樹下的小桌旁，吃著籽香蛋糕，陷入沉思。時不時地，其中一個會說：「要不我們……」，接著其他人會立刻回應：「不，不，那行不通，因為……」當蛋糕吃完後，鼴鼠悶悶不樂地將空盤子放到草地上給螞蟻時，貝蘿突然喊：「噢，我知道了！」

「什麼？」三個聲音異口同聲地問。貝蘿說：「綠丘！真不敢相信我之前竟然沒想到！那是我和她的家鄉。沒有人知道她是誰——你們注意到了嗎？報紙上提到的是『未知的兔子』——所以他們不會找她，所以也不會想到往那個方向尋找蛤蟆先生。如果蛤蟆先生和洛蒂能夠到那裡，他們就可以暫時躲藏起來，直到這場混亂平息。」

鼴鼠一直默不作聲，雖然他一向是最和氣的人，但此刻卻氣呼呼地說：「當然，蛤蟆一定會這麼做，他一定會跑到綠丘那裡，把一群完全不認識他的善良動物拖進麻煩裡。他這樣對我們就已經夠糟了，畢竟我們也習慣了！但去打擾兔子的家人，以及那裡的其他動物……」

老獾嚴肅地說：「冷靜點，鼴鼠。等他回到河岸的時候，我會讓他日子更難過。」河鼠插嘴說：「如果我們能把他帶回來的話，」

貝蘿並沒有注意到他們的對話，自顧自地說：「只要這份糟糕的報紙上沒有更新的消息，我們就可以假設蛤蟆還沒被抓住，一切都安好——至少以最糟的情況來看算是安好。老獾，你能不能請這隻白鼬每天把報紙借給你？」老獾點了點頭：「我會的，不過我得告訴你，向一隻白鼬求助真是違背我的本性。」

貝蘿點了點頭：「我會寫信給洛蒂的母親——沒錯，我必須寫信告訴她發生了什麼事！並請她在他們到達時通知我們——如果他們真的到那裡的話。我真不知道該怎麼向她解釋我的疏忽！我答應過要好好照顧她，結果卻變成這樣。」

「這簡直就像試圖看顧一個小颶風，」鼴鼠冷冷地說，「所有兔子都這樣。我不知道哪個自重的鼴鼠會認為這是有可能辦到的事。」貝蘿同意地說，「兔子確實很輕浮。」但沒有再多說什麼。

他們都為朋友擔憂，但畢竟他們是動物（即使是穿著迷人、擁有財產的動物），而長時間擔憂並不是動物的天性。動物活在永恆的現在中。他們的生活在當下是好是壞：他們要麼飢餓、要麼飽足，寒冷或溫暖，顫抖或歡喜，然後那個瞬間便過去了。他們眨眨眼睛，抖抖身子，就進入一個又一個更新的當下。貝蘿、鼴鼠和其他動物除了等待，什麼也做不了。但焦躁不安地等待最壞的消息，啃著指甲、把手帕打成結，這可不是動物的方式。更何況，現在是睡蓮盛開的季節，對河岸的居民來說，他們難以忍受離開水面太久。所以當最後一杯茶喝完後（如果你從未試過，就難以想像在炎熱的天氣裡，瓷杯中的茶放涼後再喝有多麼愉悅），河鼠開口：「我想划船到河壩那裡繞一圈再回來。有誰想跟我一起去嗎？」

老獾搖了搖頭，滿臉沉重地站起身來：「不了，河鼠。我有事情要處理，而蛤蟆已經讓我白白浪費了半天的時間。我要回家了，還得和白鼬談談借報紙的事。」說完，他向貝蘿鞠躬就離開了。貝蘿也遺憾地搖了搖頭：「不了，我得先寫信給洛蒂的母親——但我真希望我能跟著去，河鼠！我一直希望能在水上划船。真是太感謝你邀請我了。」「你從來沒划過船？」河鼠驚訝地問。她一邊收拾盤子，一邊搖了搖頭。她把盤子放到托盤上，問說：「划船真的那麼愉快嗎？」

「那可不行！我們可以等幾分鐘，對吧，鼴鼠？」河鼠好心地說。

「你們願意等我嗎？」貝蘿眼睛一亮，充滿期待地問。「那我會快點的。」她端著托盤進了屋。一會兒後，河鼠和鼴鼠透過窗戶看見她坐在小屋窗邊的桌子前，開始寫那封她承諾要寫的信。

河鼠笑著對鼴鼠說：「這表示我們還有時間抽一斗菸，等她回來。」

想想看，住在這裡幾個星期，居然還沒划過船！不過，我想女性沒有和我們一樣的機會。」「河仔，」鼴鼠說，「我恐怕不能和你一起去了。」「什麼？」河鼠說。「不去……划船！鼴鼠，你不舒服嗎？你不能為了蛤蟆的事情心煩意亂。我們動物可不是這樣的，只要能避免，就不會自尋煩惱。日常生活裡已經有夠多麻煩了，沒必要再自己去找。」

鼴鼠說：「不是那樣的，或者至少不是主要原因。噢，我實在忍不住替蟾蜍擔心。他可能迷路了、受傷了，甚至已經被關進監獄——或者更糟！而我們在明天的報紙出來之前什麼都不知道。不，是因為她。我不能，也不會和貝蘿一起去划船。」

「鼴鼠小姐？老朋友，我真希望你早點告訴我。如果我必須選擇，我寧願和你一起出去，而不是她——畢竟她幾乎還是個陌生人，而且還是個女性。」他的目光變得銳利起來。「你們兩個到底是怎麼回事？你總是躲著她，實在躲不了的時候，就一句話也不說。當你不得不說點什麼時，你的態度幾乎是我見過最無禮的樣子。你幾乎沒怎麼跟她相處過，為什麼就這麼不喜歡她呢？我知道，我們都曾以為她會把事情弄糟，但她沒有，對吧？而且因為兔子的事情責怪她是不公平的。」鼴鼠低聲說：「我以前認識她——在遇見你之前，在我搬到鼴鼠隱園之前。她是我離開第一個家，搬來這裡的原因之一。」

河鼠驚呼：「什麼！鼴鼠，你怎麼從沒提過這件事？」「反正就有些原因，」鼴鼠痛苦地說，但在他解釋更多之前，貝蘿已經跑回了草坪，手裡拿著一把陽傘和一個小籃子，籃子裡露出一條麵包，彷彿預示著這會是一次愉快的出遊。她接近時說：「好了！我已經請老鼠出去寄信了。」（老鼠是她的幫傭）。「先生們，只要你們也準備好，我隨時都能出發。」

「我們很快就準備好，鼴鼠……」河鼠說，他這時轉身才發現鼴鼠已悄無聲息地溜走了，一句話都沒說。河鼠有點尷尬地解釋：「嗯……鼴鼠不能和我們一起去了，很遺憾……他有些事情要處理，鼴鼠他就是這麼忙。」他擔心貝蘿會因鼴鼠的突然離開而感到受傷，但她卻什麼也沒說，只是神祕地笑了笑，對河鼠說：「那我們倆就有更多的食物了！我帶了剩下的籽香蛋糕、一些罐裝肉、一塊很好的荷蘭奶酪，還有麵包和芥末醬——這些沒問題吧？」

她的表情充滿快樂與期待，河鼠根本無法對她說不，就像他無法對太陽的東升西落或月亮的陰晴圓缺說「不」一樣。他微笑著對她說：「我只需要一會兒把船準備好。草坪底部的蘆葦叢中有個小碼頭。你知道在哪裡嗎？」貝蘿急切地點了點頭。「那麼我會划船過來，十分鐘後來接你，」他承諾。

實際上，河鼠花了超過十分鐘，因為他需要稍微整理一下自己的船——身為單身漢，他的東西並不總是保持得像女士期望的那樣整潔。他將幾個船墊擦乾淨，放在船頭，以便讓貝蘿坐得更舒適。即使多花了一點時間，還不到二十分鐘，他就已經把纜繩拴在小屋的碼頭上了。貝蘿已經在碼頭等了，她迅速把籃子遞了下來——分量沉甸甸的讓他們很滿意——接著遞下了她的陽傘，然後輕巧地跳進了船裡，船晃了幾下，接著就在船頭坐穩了。「要去哪裡？」河鼠友善地問。

「前幾天我騎自行車沿著河往上走，」她解釋。「那麼這次往下走吧？到你提到的河壩那裡？還是划回來會太累？」

「太累！」河鼠划起船槳，進入了水流中。「當然不會。畢竟我們只出去一兩個小時，一點都不會累。晚上涼爽的時候划船回來，嗯，好好消化你那籃子裡的美食之後，來點運動正是我們需要的呢！」

噢，河流！河鼠帶著她划到對岸，然後悠閒地向下游漂去，探索每一個水灣和潟湖。他們輕聲聊著些無關緊要的話題，但貝蘿擁有難得的安靜特質，大部分時間他們什麼也沒說，只是靜靜地享受彼此的陪伴和周圍的景色。

河鼠並不知道，這樣的沉默並非完全由貝蘿控制的。她雖然完成了早上的工作，但小說仍在她腦海中喋喋不休，無止盡地要求她注意身邊的一切：柳條的嫩枝，氣味像是……木頭的氣息，或者蘆葦的味道，甚至（如果能表達得當的話）單純只屬於它們自己的味道。那邊的鴨子，在小小的回水灣中嬉戲，尾巴高高翹起，亮黃色的腳丫不停划動——既迷人又易於描述，但能有什麼用途呢？再看那棵柳樹，低垂得幾乎貼近水面，以至於她和河鼠穿過垂下的柳條時，彷彿進入了一座由銀色葉子組成的閃爍小教堂，葉子隨微風低語。這些片段能用某種方式寫進她的故事嗎？

還有河流本身：那不斷變幻、輕舞的水面……陽光的倒影忽隱忽現，掩映著水面下搖曳的浮萍……一條閃耀著千道彩虹光芒的鱒魚，彷彿懸浮在水晶中，直到他輕輕甩動尾巴，消失在河岸的陰影中……水流拍打船體的聲音，如同花梨木製的木琴被絲絨槌輕刷過的聲音：咯噠，叮咚；甜美、潺潺、清脆的響聲——但貝蘿知道，這一切無法用文字表達。小說與河流在她心中展開了無聲的對峙；而這一次，河流贏了，它拒絕任何言語形容自己的存在；而小說也承認了失敗，暫時放過了貝蘿，讓她靜靜感受。

貝蘿和河鼠順著河流向下，終於來到了一個地方，河流在這裡分成兩支，繞過一座錯綜複雜的小島；兩條河道上各有一道由木材與鐵絲交錯的河壩，水面微微蕩漾，從上游看去，唯有這些細微的痕跡表明了他們的位置。「那裡，」貝蘿說，「河壩之間的島嶼。我們在那裡停留一下吧。」

「如果你想的話，」河鼠回答。貝蘿聽出了他語氣中的一絲謹慎。「你覺得在河壩的附近停留很危險嗎？」河鼠有點不耐煩地說：「如果你問的是，我能不能在結束後順利划船離開，那當然沒問題。」接著又更認真地補充：「不是河壩的問題。而是那座島……我們動物不去那裡，就是這樣。那裡很危險，真的，但我無法確切告訴你為什麼。不是危及生命的危險，而是……別的東西。我怎麼想不起來了？水獺，你認識水獺吧？他的兒子波利去年就在那裡迷路了。我們後來找到了他，但……那裡實在太安靜了，你明白嗎？」他有些無力地說完。「我們也很安靜啊，」貝蘿說。「那裡——那個小水灣。我覺得應該沒事。即使不行，河鼠，我覺得無論發生什麼事，我都必須去那裡。你能理解嗎？」

他確實理解，雖然他不記得為什麼。河鼠默默把船划進了那個狹窄如溪流的小水灣，兩側的蘆葦彎曲垂到水面上方。貝蘿跪在船頭，用手撥開蘆葦，讓船能夠繼續前行。僅僅前進了幾碼，水面便豁然開闊，形成了一個小小的潟湖，被齊腰高的蘆葦環繞。高聳的樹木彼此相連，陽光只透過樹葉間零星的縫隙灑落下來。水面被綠色的圓葉和如圓輪般的白色睡蓮覆蓋，層層疊疊交錯，只有幾塊零碎的黑色水面露出。整個空間靜謐無比，唯一的動靜是那些在睡蓮上方翩翩飛舞的小昆蟲，在陽光中時隱時現，閃爍著短暫的亮光。河鼠舉起船槳，靜靜滑行，最後停在了睡蓮中間。貝蘿俯下身靠在船邊，一朵一朵地觸摸著睡蓮。她摘下了一朵，花朵從水中脫離的瞬間發出微弱的水聲。長長的鮮綠色莖條垂落，白色的花瓣在她深色的裙子上熠熠生輝。花心處是一簇金黃色的花蕊。一隻如琺琅般鮮紅的蜻蜓原本停在那朵花上，隨後無聲地飛起，在空氣中劃出一道彎曲的線，短暫地在他們的視線中閃耀了一瞬間。

在潟湖的一側，有一片小草地緩緩地延伸到水邊；他們可以看到短短的草叢稍微沒入水中，彷彿水位並不總是這麼高。河鼠默默地將船靠在岸邊，貝蘿則帶著一種恍惚的神情走下船，完全不在意她的腳踝已經浸在水中。「我不能離開船，」河鼠說，聲音被睡蓮和蓮葉的靜謐氣息柔化並壓低了。「這裡沒有東西可以拴住船。」

貝麗點了點頭。「我很快就回來，」她說，彷彿是再平常不過的事，就獨自走進四周升起的這片小荒野。她沿著小坡走到了一簇千屈菜旁，然後從那裡穿了過去。片刻之後，河鼠還能看到她手中握著的白色睡蓮在陰鬱的林間掩映，但很快地，那朵睡蓮也消失在河鼠的視線中。

河鼠安靜地在潟湖中守著船，凝視著四周的睡蓮。空氣寂靜得讓他昏昏欲睡。他愛睡蓮，就像他愛河流上的一切事物。儘管划船穿過睡蓮叢總是費力，而且通常毫無意義，因為睡蓮總是聚集在靜水處，那些地方哪裡也通不了。睡蓮的葉子並非完美的圓形，倒像是綠色的小田野，帶著細細的綠色邊界；而睡蓮的花朵則像樹木般挺立其中，有的綻放，有的半開，有的還只是花苞。河鼠是位詩人，曾試著寫一首關於睡蓮的詩。他曾把它們比作天上的星星，用純白（white）來押韻光彩（light）和靈彩（sprite）；然而，靈感在筆下枯竭了。他將那首詩擱置在書桌的一個小抽屜裡，再也沒有去碰過。但他依然能懷著愉悅的心情欣賞睡蓮，而他也的確如此做了，帶著一絲迷離的神情靜靜等待著。

過了一會兒，貝蘿回來了。此時她的步伐變得輕快，眼神閃耀著光芒。原本在她手中的睡蓮已經不見了。「河鼠！」她說，聲音輕柔甜美，完全不同於她平時低沉而平靜的語調。「噢，我見到祂了！」

河鼠立刻坐直，他剛才是不是打瞌睡了？「見到誰了？」他問，有點語無倫次。「祂啊！噢，河鼠，你怎麼沒說祂就在這裡！你聽到了嗎？祂的笛聲還在，你聽！你說得對，噢，祂確實很危險，是的——但對我們動物來說，肯定不危險，絕對不是。」她的眼睛閃閃發亮。「祂跟我說話了，我在祂的腳下朝拜。難道你沒有嗎？」

河鼠的記憶在一瞬間浮現，完整無缺而且沒有任何失落或遺憾。那是去年夏天，他和鼴鼠在那座島嶼時見到祂的那個神聖之夜——那位小動物的保護者：溫柔又帶有野性的眼神、人類的面容、棕色長手指間的木笛；額頭上長出的彎曲羊角；結實有力、光澤鮮亮的棕色山羊腿；還有小水獺波利就在祂的蹄間著熟睡，即使周圍瀰漫著致命河壩的轟鳴聲。

「是的，」河鼠說。「是的！」那一瞬間，一切都說得通了。因為寫作是既神聖又瘋狂的行為，除了作家，還有誰更適合見到這位神聖瘋狂之神呢？河鼠是一位詩人，他知道自己能看到比親愛的鼴鼠、老獾、水獺——甚至是蛤蟆（願上天保佑他！）——更多的東西。他意識到自己與貝蘿也是那位神靈的孩子，永遠受到眷顧與關照。她每一天都將看到一些事物，然後聽見腦海裡有個聲音說：「記住這個，然後把它寫下來。」

他突然意識到，自己絲毫不想承擔那樣的重負。他可以選擇寫，也可以不寫。幾天甚至幾週過去，他可能不會提筆寫字，甚至不會想到詩歌。只要他想，他可以隨興押韻，就像別人可以選擇要不要划船一樣：那是一種熱愛，但完全可以放下，甚至忽略。

記憶好像闔上了一本書似的，從他心中溜走了。「鼴鼠小姐，」他溫和地說，因為她正凝視著空氣，彷彿在聆聽某種聲音，但睡蓮周圍的空間一片寂靜，完全的寂靜。「貝蘿，上船吧。」

她回到了船上。他們在漫長的回程中幾乎沒有開口。儘管河鼠稍早說划船不累，但事實上這段行程確實是辛苦的。不過，他歡迎這種勞動。時間似乎在他們身上加速流逝——一天怎麼就這麼快過去了？但他想，他們並不是早上出發的，一定是因為這樣吧。蚊蟲在空氣中聚集成群，染得四周如一片迷霧。就在這時，貝蘿突然開口：「我得重寫大部分的內容，我現在看清了問題所在。」河鼠知道她不是在對他說話，因此保持了沉默。

河鼠將她送到小屋的碼頭時，天色已經完全暗了下來。微弱的光線中，她對他露出了笑容：「謝謝你，河鼠，今天真是愉快的一天。」「我才要謝謝你，鼴鼠小姐，」他回答。稍稍停頓後，他斟酌了一下接下來要說的話。「我能不能問……？」但她已經跑上草坪，回到了小屋，回到了那部小說，修改她在河壩之間的小島上突然明白的那些改變。

從她的小屋到河鼠舒適的小窩是順流而下的，所以他隨波漂流，心滿意足地沉浸在「河鼠」的身分中，與河流共度了一天。但那些睡蓮啊——它們確實值得一寫。他回到家時，或許會翻出那首舊詩再試一次。又或許不會——因為當他靠近洞穴旁的河岸時，鼴鼠已經在那裡等他，見到他靠岸，便跑下來抓住繫船繩，將船拴好。「好玩嗎？」鼴鼠害羞地問，河鼠把船墊遞給他。「我想為我之前的壞脾氣道歉！我應該和你們一起去的。」河鼠開口說：「關於這件事嘛，」隨後注意到船頭那個貝蘿遺忘的小籃子。「天啊，我們竟然忘了籽香蛋糕和三明治！時間到底去哪兒了？」

Chapter 7

亡命天涯

似乎沒有人將這對正在旅行的蛤蟆和兔子

聯想到報紙上所描述的蛤蟆和兔子。

又或者，這些轟動的城市犯罪新聞

在鄉野之地沒有那麼重要。

蛤蟆在路標旁的黑莓荊棘中恢復知覺時，起初他完全無法回想起究竟發生了什麼事。他記得一種令人陶醉的速度感，風迎面撲來，彷彿自己正在飛翔；還有某種宏偉機械在身邊發出的震動轟鳴；以及一種無與倫比的自滿，覺得自己是世上所有生物中最傑出的。「至少我還記得自己是誰，即使其他的什麼都不知道！」他對自己說：「蛤蟆莊園的主人，蛤蟆！噢，想起我是蛤蟆，而不是老獾之類的可憐傢伙，真是太開心了——雖然他很值得敬佩！」

他沒意識到自己說出聲音了，直到「你當然是蛤蟆啊！」一個陌生的聲音說。那是一個年輕的女性聲音，帶著一絲如釋重負的顫抖。「噢，謝天謝地，你醒了！」雖然蛤蟆眼睛還是閉著，但他漸漸感知到周圍的環境。他發現自己身處戶外，可以聽到昆蟲的嗡嗡聲、鳥兒的啁啾聲，以及不遠處傳來的狗吠聲。他的背靠著某個不舒服的樹根或硬物，手、腳和臉等暴露的皮膚都被其他東西刺得難受。他感到非常的不舒服。那聲音是誰的呢？有人正在摩擦他的手，他睜開了一隻眼睛。

原來是兔子！她把自己的帽子扔到一旁，完全不顧黑莓荊棘撕扯她的絲帶，熟透的果實把她的裙子弄得汙跡斑斑。她跪在他身邊，擔憂地抖動著耳朵，握住蛤蟆無力的手。一切記憶瞬間湧入他的腦海——摩托車、警察、鎮中的追逐、田野間的逃亡、最後的撞車——以及他如今的可悲境地。於是他的眼淚開始湧出，哀嚎說著：「噢不！完了，全完了！」

兔子焦急地說：「親愛的蛤蟆，你的傷勢應該沒有那麼嚴重！沒有骨折、身體部位也都還在、頭骨也沒裂開……你只是有些擦傷和瘀青罷了。不過幸好我們摔進了這些荊棘，不然情況會更糟呢，真的，我們其實相當幸運！」

但蛤蟆絲毫得不到安慰。「完了！」他悲嚎著，巨大的淚珠從他的眼睛滾落，積在他的耳朵裡。「噢，我真是個虛榮又愚蠢的蛤蟆！我到底在想什麼？我的家，我的朋友，我的財富，全沒了！全被奪走了！全都是因為我……無法……克制……自己！」他坐起身來，但因為抽泣得太厲害，幾乎無法抬起頭。「河仔……鼴鼠……水獺……親愛的老獾……他們一而再、再而三地警告我，要我必須學會當個更好的蛤蟆……但我不聽……現在一切都完了！沒有希望了，完全沒有希望了！」說完，他又一次把自己整個人摔進荊棘裡（不過這次小心避開了最刺的地方），徹底放聲大哭。

蛤蟆這場聲勢浩大，又長又吵還濕漉漉的悲情表演，可不是一般動物能承受的。但兔子有許多弟弟妹妹，所以見過更糟的情況。不過說實在的，她從未在成年動物身上見過這番景象。她環顧四周，試圖尋找能用來打斷這場歇斯底里的方法，但並沒有找到合適的花瓶能潑水到蛤蟆臉上。她也不覺得自己下得了手賞他巴掌，畢竟他是一位男性，而且幾乎還算是陌生人！然而，在這忙碌的一天過後，她的手袋居然還掛在手腕上。她從中取出一小瓶嗅鹽，打開瓶蓋，在蛤蟆寬大的鼻孔下揮了幾下。

「噢！」蛤蟆被嗅鹽的濃烈氣味止住了哀嚎，嗆得說不出話來。

「你在做什麼？太可惡了！」兔子略帶尖酸刻薄地回應：「我想讓你冷靜下來！」因為這一天對她來說也稱不上愉快無憂。「而且我並不可惡。」

「對，你不可惡，」蛤蟆羞愧地紅了臉。「我知道，那不過是我自私的本性脫口而出罷了。你是好意，我知道……如果你有一點粗暴，那也不是故意的……只是，我比表面上看起來還要脆弱很多。」

「才不是呢！」兔子毫不留情地回應。「你可是……噓！你聽！」

他們聽到遠處傳來馬蹄聲和車輪的吱呀聲：一匹馬正拉著馬車靠近。他們瞪大眼睛互看的時候，馬車停了下來。有人從車上下來，接著是第二個人，然後是越來越近的腳步聲……「哈囉！」荊棘外傳來了一個帶著鄉村口音的女性聲音。「奈德，你看，這裡有輛毀壞的摩托車！有人摔車了！」第二個聲音——是一位男性，應該就是奈德——驚呼：「媽，你說得對！」接著喊：「哈囉？裡面有人嗎？」

驚恐的蛤蟆縮在原地一動也不動，連一句話也說不出來，但兔子大聲喊：「是的！沒錯，我們遭遇了一場可怕的事故。請幫幫我們！」蛤蟆突然叫著跳起身來，「不！」但才剛站起，又一頭栽倒在地，當場昏厥過去。

蛤蟆終於再次恢復意識時，他發現自己正躺在一張柔軟的床上，床單散發著怡人的薰衣草香氣。以他的經驗來說，地牢裡通常不會有這樣舒適的設施，他小心翼翼地坐起身，環顧四周。壁爐裡的火已快要燃盡，但仍散發著溫暖的光芒，讓他能看清自己所在的房間：這是一個小巧而舒適的空間，天花板傾斜，有一扇天窗，窗簾拉得嚴實，但他透過一條窄縫看到夜色的一角。房間裡有一把搖椅面向壁爐，椅背對著他。床上覆著一條鮮紅的被子，他還聞到自己身上瘀傷的地方被塗上了山金車軟膏。他的頭緊緊纏著一圈厚厚的白色繃帶，雖然他自己毫不知情，但這讓他看起來有點像童話故事裡的邪惡精靈。他看到床頭桌上擺著一壺水和一個杯子，他渴得厲害，立刻大口喝了幾口。

「還不錯嘛，還不錯，」蛤蟆自滿地對自己說。「看來又是一場驚險的逃脫。不知道能不能叫人幫我送點白蘭地上來？」說著，他開始四處尋找拉鈴的繩子。搖椅突然晃動了一下，有人從椅子裡起身，走到他的床邊，俯身近視地打量著他。那是一位非常年邁的婦人，臉的形狀、顏色和質地都像一顆乾枯的蘿蔔，上面還散布著幾處黑斑。

「好啦，好啦，小夥子，」她開口說，蛤蟆立刻認出了那是荊棘外那個聲音。「躺著別動。你摔得很嚴重，真的很嚴重。要是我和我兒子奈德沒有找到你，真不知道你會怎麼樣。不過現在沒事了，沒事了。現在感覺怎麼樣？」

「不太好……白蘭地……」蛤蟆虛弱地喘息著。老婦人把手放在蛤蟆的額頭上。「白蘭地？摔傷可不能喝白蘭地，那一點好處都沒有。沒有發燒，這倒是好事。好了，快躺下來，別擔心。我們把你帶回家了，還把那些能從地上撿起來的大塊零件一起帶回來。但我很遺憾，那輛摩托車已經完全報廢了，這是我家奈德說的，他可是很懂機械和引擎之類的東西。」

蛤蟆呻吟了一聲，「達斯利！」一隻手掩住眼睛。「你一定很不捨，還有你的妹妹，哎呀，我知道你一定很擔心……」

「我妹妹？」蛤蟆虛弱地說。「噢！我的妹妹。是的。」

「先生，不用擔心她！她很好，幾乎毫髮無傷。她一定非常敏捷，竟然能在你摔車時，從摩托車後座跳出去，卻沒有撞到什麼東西。她真是一位了不起的年輕動物！你應該以她為傲，她很有禮貌，還幫我這個老太太提熱水上樓呢。你現在躺好，別亂動，醫生馬上就會來了。」蛤蟆嘆了一口氣，躺了回去。「醫生！正是我需要的……」

在河岸時，蛤蟆對醫生一向充滿好感。事實上，這些年來，看醫生幾乎成了他的一種興趣愛好，尤其是朋友們都在忙，生活無趣的時候。他經常召喚醫生，特別是在秋天那種陰沉、下雨的日子裡。莫名的疼痛、不祥的咳嗽、奇怪的噴嚏、可能的皮膚斑點、發癢、流淚的眼睛，或者讓他擔憂的耳朵——任何事情都能成為理由。村裡的醫生在第一次拜訪後就拒絕再來了，因為他曾直言不諱地告訴蛤蟆，他的問題並不是某種神祕疾病，而是他肥胖又懶散的生活方式導致的。不過，當蛤蟆開始從城裡請來那些著名醫生時，他的醫療體驗有了巨大改變。這些醫生總是很有禮貌地聆聽他一次次詳盡地描述症狀，並用更為複雜的細節來解釋病因。醫生們憂鬱地搖頭，讚嘆他的堅忍，並建議他與專家會診（通常是準備進行昂貴埃及或聖地之旅的熟人）。

此外，醫生們還經常建議他進行後續回診，基於對這些後續回診所帶來收入的期待，他們甚至為妻子訂購了昂貴的新汽車。他們調配出各種糖漿、製作藥片、替他敷膏藥、開出軟膏處方。只要不與他的個人喜好相抵觸，蛤蟆就會溫順地接受所有的建議和藥物。然而奇妙的是，每當發生有趣的事情時，例如與河鼠的划船之旅，或者陽光明媚、適合草地保齡球的日子，他的疼痛和病症總是奇蹟般地消失。這種「消遣」被認為是一種無害且健康的消遣，既不損及旁者，也在某種程度上對大家都有益。

於是，短短不到十秒鐘的時間裡，蛤蟆開始期待起醫生的到來。他閉上眼睛，專心清點自己能感覺到的症狀：脖子——僵硬；右手——瘀傷；腳——發癢。但他突然意識到醫生可能會問他其他問題，甚至可能（不，是一定）難以回答的問題。他們會發現摩托車、事故、追逐的事情，還有——他猛然睜大眼睛，喊著：「不！不要醫生！」接著，他迅速把腿甩下床，試圖起身。

但老婦人只是搖了搖頭，毫不留情地將他的腿按回原位。「不不不，這是為了你好。我知道，沒有哪位紳士想見醫生，但我和奈德可不想讓你死在我們的小屋裡。我們的座右銘是『小心駛得萬年船』。坦白講，小夥子，你的氣色不好，真的不太妙。別擔心，我們的老醫生一定能把你治得好好的。」蛤蟆嘶啞地說：「完全沒必要，」感覺一陣恐慌湧上心頭。「我感覺非常好！事實上……」

他本來想再說些什麼，但此時，房門打開了一條縫，兔子探頭進來。她說：「我聽到了聲音，還有，噢！真高興看到你醒了，親愛的哥哥！」她輕快地走到床邊，停頓了一下，以妹妹般的姿態俯下身，在他裹著繃帶的額頭上親了一下。「嗯，」可憐的蛤蟆喃喃說著。這一天實在是太漫長了，從一大早坐火車進城開始，到最後摔進黑莓荊棘為止，事情發展得有點超出了他慢半拍的大腦能夠處理的範圍。

老婦人滿眼慈愛地看著他們。「這不是太溫馨了嗎？」她說。「你妹妹可是非常擔心你呢。現在你醒了，你妹妹也在，我就下樓去給你們準備點滋補的熱飲吧。醫生很快就會到了，三兩下工夫，你就會好得不得了。」

幾乎就在老婦人的身影剛消失在門後的瞬間，「蛤蟆，真刺激！

我們現在是罪犯了！」兔子興奮地說。「我必須逃跑！」蛤蟆掀開被子。他身上還穿著摩托車騎行服，這倒省了一番麻煩——畢竟替一個昏迷又肥胖的蛤蟆脫下過緊的皮衣，實在超出了老婦人的能力範圍（而且她覺得這麼做有些冒犯，因此乾脆沒動），只脫了他的外套和安全帽。「你聽見了嗎，兔子？醫生！醫生之後緊跟著的就是警察——然後就是蘇格蘭場和監獄！唉呀！」

「應該不會吧！」兔子說。「我想醫生應該還不知道城裡發生了什麼事。」「你想！」蛤蟆大叫，渾身顫抖。「我們的行蹤肯定已經透過電報傳遍全國了！電報！電訊！騎著比我的無以倫比還快的摩托車信差！晚報肯定都鋪天蓋地在報導這件事！我敢打賭，一定還發了傳單，每面牆上都貼滿了通緝令！地牢！酷刑！斷頭臺！快幫我找外套，」他突然換了語氣，帶著悲壯的絕望語氣接著說，「我現在就要離開。」

「你不能這樣，蛤蟆！你必須安靜地等醫生來過再說。」兔子勸說，但還是好心地陪著他在房間裡四處尋找外套。最後，她在搖椅的編織座墊上找到了，外套被整齊地摺疊著。「瞧，老婦人還幫你縫補過呢！你看這裡，荊棘撕破的地方，被縫得像……」他一把搶過外套，開始翻找口袋。「我的錢、我的金幣、我的鈔票！都去哪兒了？」

「我們離開摩托車行時，你全扔到身後了，」兔子好心地提醒他。「我扔了？」蛤蟆瞪大眼睛看著她。「我真的扔了！那些美麗的鈔票，全沒了！被丟到風裡去了！而這一切為了什麼？什麼都沒得到！摩托車也毀了！多麼愚蠢、白癡、荒唐的舉動！現在我身無分文，一無所有，還在逃亡！不能回家！也沒錢去其他地方！我……該……怎麼……辦？」他哭喊著，再次把自己摔回床上，擺出一副準備迎接新一場崩潰的模樣，勢必會超過今天稍早的所有崩潰表現。

兔子急忙說：「等等！我好像還有一點錢。」她的手袋還掛在手腕上，於是她將裡面的東西倒在紅色床罩上。「我有……三個，四個，噢，這裡還有一個先令，還有一、二、三個六便士，噢！還有一張一鎊的紙幣。」過了一會兒，她抬起頭，臉上帶著興奮的笑容：「天啊，蛤蟆，我竟然還有這麼多錢！我想起來了，我這一季的零用錢上週才收到，而我幾乎都還沒花呢。」她開始把錢重新塞回手袋。

蛤蟆趴在枕頭上，仍然徘徊在崩潰的邊緣，呻吟著：「錢？便士和英鎊！這點錢對我們有什麼用？我們完了，徹底完了！逃犯！無處可去，無處可藏，他們會到處找我們！」

兔子皺了皺眉。「嗯，我們可以去找我的親戚。事實上，這主意真是太棒了！我本來沒有打算在聖誕節前回家，大家看到我一定會很高興！這對他們來說會是個大驚喜！爸爸、媽媽，還有我所有的弟妹，還有我的姑姑們……你就當我的客人，這樣就沒問題了。蛤蟆，這會是一場偉大的冒險！」蛤蟆從枕頭上抬起頭看著她。「他們住在哪裡？」

「綠丘那裡啊！」這聽起來頗有種不太討喜的鄉村氣息。「哪裡的綠丘？」蛤蟆問。「就是綠丘啊！離這裡有點距離，在北邊和西邊。我想是那個方向。」她指著牆上《山谷之王》[8]的黑白版畫。隨後又補充：「也可能不是。我有點搞不清方向了。」

「你覺得你能從這裡找到路嗎？」蛤蟆翻身坐起來，小心地擦了擦臉頰。「噢，我想應該可以。我和貝蘿一起旅行的時候，她比較擅長看地圖、火車時刻表之類的，但……我的意思是，那是山丘嘛！山丘很大呀，我們只要四處看看就看得到了，應該不會太……」

他們聽到樓下的大門又猛然關上，接著是幾個人的聲音。「是醫生！」蛤蟆尖叫。「噢，太好了！」兔子說。「現在可以讓醫生檢查你的狀況，然後再……」

但蛤蟆再也沒浪費時間在無謂的對話上。他衝向天窗，跳上窗臺，推開窗戶向外看去。這是二樓的窗戶，但幸運的是，外面連著一個低矮的斜屋頂（他們並不知道那是廚房的屋頂）。蛤蟆毫不猶豫地爬上窗臺，跳到了屋頂上。伴隨著瓦片咔噠作響，他飛奔到屋頂的另一端。那裡有一棵枝葉茂盛的梨樹。他用力一躍，跳進濃密的樹枝間。蛤蟆並沒有爬下樹幹，而是直接像「雨」一般，從葉子、樹枝和半熟梨子和蜘蛛之間跌落，四腳著地，落在一個散發著濕土和胡蘿蔔氣味的花園裡。他不敢停下，立刻飛奔向花園的最底端，穿過一道柳條編織的柵欄（慌忙間還差點弄不開門閂），來到一條小路上。他焦急地左右看了幾眼，幸好沒有人看到他。

8 The Monarch of the Glen：蘇格蘭畫家埃德溫·蘭西爾（Edwin Landseer）創作的著名油畫，描繪了一頭雄壯的紅鹿，象徵蘇格蘭高地的自然美景。

安全了！不，還是有輕快的腳步聲從花園裡傳來。該去哪裡？該去哪裡？蛤蟆驚恐地大聲啜泣。

「啊，蛤蟆！」兔子說，輕輕關上柵欄門，站到他身旁。「好巧啊，竟然有一條小路！」她語氣中滿是讚嘆。「正是我們需要的。那麼，我們該走哪邊？噢，我還帶了你的外套，」她補充，將外套遞給他。兔子，綠丘，她的親戚，她的手袋。「了不起的兔子，敬佩的兔子，」蛤蟆謙卑地說。「你說要走哪，我們就走哪。」

兔子帶著蛤蟆沿著小路向左走，直到小路通向另一條稍微寬一點的道路，然後再次向左轉。月亮還沒有升起，但東邊的天空泛著微弱的銀光，隱約遮掩了星星，兔子就是依靠著微光找方向。他們在沉默中走了很久。蛤蟆一路上緊張地豎著耳朵聽是否有追兵，而兔子則似

乎完全陶醉於這場午夜的散步中。月亮終於掙脫了地平線的束縛，在他們身後照耀，並為他們投射出深黑的長影：一個是高挑纖細的兔子，耳朵向前延伸出好幾碼；另一個則是圓圓胖胖的蛤蟆，經過拉長，勉強接近了正常比例。他們的每一步都踏入自己的影子中，但影子也總是向前延伸，始終陪伴著他們。一路上，他們遇見的其他動物寥寥無幾。一隻貓頭鷹從他們頭頂掠過，沒有停留；一大群蝙蝠在鄉村酒館門外的燈籠光圈之外喧鬧地翩翩起舞（兔子覺得很吵，但蛤蟆什麼也沒聽到）；還有一隻刺蝟探望完姊姊後，正帶著家人趕路回家。他們刻意避開了可能會有人的村莊。

月亮爬到天頂的一半時，蛤蟆終於撐不住了。他原本打算問兔子能否停下來休息一會兒，但就在這時，他們遇到了一隻狐狸。狐狸靠在一面石牆上，在黑暗中抽著菸斗「洋蔥醬！」狐狸嘲笑。「大蒜和奶油！」但他看起來已經吃飽了，並沒有進一步打擾他們。然而，這次的遭遇讓他們倆一時之間都不敢再提停下來的事。但最終，蛤蟆實在撐不住了。他直接倒在鄉間小路的泥地上，拒絕再往前走，一邊壓低聲音（沒忘記剛才遇到狐狸）哀嚎：「我走不動了，真的不行了！」兔子最後找到了一個玉米倉庫。他們爬進去，在裡面度過了這個夜晚。蛤蟆睡得出奇地好，雖然第二天醒來時又渴又餓，但他已經準備好迎接早餐了。

可惜，早餐並未如願到來，至少沒有能被蛤蟆認為是真正的早餐：沒有水煮半熟蛋、培根片、燻魚、烤麵包、柑橘醬、莓果醬、新鮮的奶油和咖啡……噢，光是想著這些就讓人受不了。但蛤蟆偏偏忍不住去想，即使他們後來到了一片果園，用兔子的手帕裝滿了蘋果，他也還在想。儘管如此，兔子還是大膽地進了一個村莊，買了麵包和乳酪回來。不僅如此，她還帶回了一份城裡的報紙（正是老獾在野森林裡從白鼬手中拿到的那一家報社）。他們在村莊的公共草地上，與一群對他們毫無興趣的溫順奶牛作伴，一邊吃著簡單的早餐，一邊輪流讀報給對方聽。蛤蟆在漫長的夜晚裡情緒一直顯得低落，但是讀到報紙上用一整個段落形容他是「危險的」、「應受譴責的」以及「無賴」時，他的心情立刻回到他平時那種愛出風頭的狀態。而隨著日子一天天過去，沒有任何追兵出現，他的情緒也越來越高漲。

他們的旅途有各式各樣的形式，時而徒步旅行，時而搭順風車前進。有一次，他們坐在一輛巨大氣派的汽車後座，為了掩飾身分，編造了要趕往普茲茅斯探望垂危老親戚的故事，結果不僅受到了極友善的對待，甚至還被輕輕拍了拍頭。另一回，他們搭上牛車的尾巴，直到車夫發現，揮舞著刺棒威脅他們下車。照兔子的建議，他們一路朝北方和西方前進。到了第一天下午三、四點時，他們終於在遙遠的天際線上看到了隱約的藍色山影，幾乎隱沒在濃厚的夏日空氣中。這個發現讓他們心情大好，覺得這確實是正確的方向。

每天早晚的報紙上都充滿了用四十八點以上的斗大字體印刷的頭條新聞：「惡名昭彰的蛤蟆仍逍遙法外！」「蘇格蘭場束手無策！」然而似乎沒有人將這對正在旅行的蛤蟆和兔子聯想到報紙上描述的那個蛤蟆和兔子。又或者，這些轟動的城市犯罪新聞在鄉野之地也許沒有那麼重要。

這一次，蛤蟆對自己的惡名感到後悔。對於一個旅行時通常趾高氣揚地走向店主，說「你知道我是誰嗎？」然後點選最好的房間和餐點的動物來說，如今只能低調行事，這實在難以接受。而更讓他難以忍受的是，向來好客的蛤蟆現在卻不得不讓兔子支付他們在簡樸旅館

裡的所有費用，這完全違背他的天性。看到一個孤身女性和一個顯然與她毫無血緣關係的男性同行，並非所有人都像那位救了他們的善良老婦人那樣近視；且她的兒子奈德也沒說什麼（認為這與他無關，還希望能因找回達斯利而得到些賞金）。有些旅館老闆儘管投以懷疑的目光，但他們也沒有多說什麼——畢竟，付錢的顧客最大。

然而，兔子的零用錢終究是有限的。錢花得差不多時，她的實用價值開始更具體地顯現出來。事實證明，她相當擅長從母雞底下偷蛋、從攪乳器中偷取新鮮奶油，甚至有一次，還從一間小屋的橫梁上偷走了一條火腿。可惜的是，蛤蟆的作用相對之下顯得微乎其微。他的情緒在極度的絕望與毫無根據的自信之間劇烈擺盪。有時，他對兔子辛苦找來的食物幾乎一口都吃不下；而下一刻，他的天生樂觀主義又占了上風，堅信一切問題都會迎刃而解。他的腦海裡，宏偉的計畫和可怕的幻象交替出現。一會兒，他想著要偷偷登上一艘遠洋輪船，移民到美國，成為一種結合鐵路大亨與牛仔的英雄人物。「廣闊無垠的天地！」他狂喜地喊，「快走吧！漲了十二點！」而下一刻，他又陷入被五馬分屍、折磨至死的可怕幻想中。

鄉村的地形變得越來越圓潤乾燥，最後，他們意識到自己已經不再是朝著山丘前進，而是已經真正進入了山裡。

「怎麼樣？」蛤蟆問。他們站在一個十字路口，兔子神色慌張地向四條路反覆查看（甚至包括他們來的那條路）。此時此刻，蛤蟆的焦躁也許情有可原。畢竟，現在已經是第三天的晚餐時間，而早餐、早茶、午餐、下午茶，以及「先吃點什麼撐到晚餐」的東西，簡直可以說是少得可憐——除了蘋果，還是蘋果。因為鄉間越來越荒涼，已經沒有多少地方讓兔子能施展她的「採集技能」。這讓兔子有些困惑，根據她的記憶——雖然她承認自己偶爾有些不負責任，但幾個月前的事情總不至於記錯吧？——綠丘應該是動物稠密的地方才對。事實上，她親愛的父親總是抱怨這裡的動物太多，甚至嚷嚷要搬走，儘管從來沒有付諸行動。可是現在呢？面對眼前的荒地，她浮現一個自我懷疑的念頭。

「蛤蟆，你知道嗎？」她遲疑地說。「我在想……這些可能不是我們要找的山丘。」

「什麼？」蛤蟆大叫。「你說什麼！」

Chapter 8

賊窩

每一棵樹的枝幹和樹幹對他來說都像自己身體的一部分那麼熟悉——

還有最重要的，河流經過那裡時特有的形狀與聲音。

他懂，這是家在召喚她。

兔子之前也許搞錯了，但這一次，她是對的。

有時候，作者必須在兩種方式之間做出抉擇：是要以充滿詩意的細節呈現場景，還是用一段簡潔又有效率的敘述快速推進故事。蛤蟆對兔子揭露真相的回應正提供了作者這樣一個選擇——是詳盡呈現，還是以簡潔帶過——但遺憾的是，這個並不是我們能決定的：我們笨拙的筆無法勝任這個挑戰，無法悠閒捕捉蛤蟆複雜情緒中的每一個細微變化——他的惱怒、苦惱、沮喪、悲慘和恐懼；他的淚眼控訴與啜泣責備；他的翻騰掙扎與撲倒痛哭；從最初難以置信的喘息，到最後撕心裂肺的抽泣。善變的繆斯拒絕賜予她的金色靈感。因此，我們只能簡單地說，兔子的揭露確實是對的，這並不是他們尋找的綠丘，而是完全不同的山區——對蛤蟆而言，無疑是一個極大的打擊。

他大聲哀嚎、痛哭流涕，而兔子則滿臉歉意地搓揉雙手說：「我之前就說了嘛，我的方向感不好！」

不過，蛤蟆的哭鬧終究還是停止了。黃昏降臨，天空被（認錯的）山區的影子籠罩，染上一層深紫色。蛤蟆坐在路中央，背靠著路標，細長的腿向前伸展到極限。他全身垮了下來，滿臉淚痕、灰頭土臉、狼狽不堪。若不是他每隔幾秒便發出如鐘擺般規律的哀泣聲，他幾乎可以被誤認成是一捆從車上掉下來的包裹。他的啜泣聲與夜晚第一隻夜鶯那美妙流暢的歌聲，形成了鮮明的對比。

與此形成鮮明對比的，是站在他旁邊的兔子。她看起來幾乎和他們離開城鎮時一樣整潔，只是衣服稍微有些皺巴巴。在旅途中，她不知用什麼方法，將裙子上的漿果汙漬洗乾淨，甚至還縫補了荊棘撕裂的地方。她的母親曾經叮囑她，出門在外一定要隨身攜帶針線（以及其他零碎物品），所以這些東西非常方便地就在她的手袋裡。不過她的帽子卻弄丟了。

兔子天性樂觀，就算是蛤蟆——即使是最糟糕狀態下的蛤蟆——也無法長時間影響她的情緒。蛤蟆崩潰的情緒還沒完全平復之前，她就已經開始環顧四周，皺著眉頭左顧右看，然後突然喊：「噢！我知道我們在哪裡了！」這時，蛤蟆還沒有完全平靜下來，仍陷於沮喪的沉默中。

蛤蟆再次發出一聲啜泣，苦澀地問：「你怎麼知道？」

「不，我真的知道！」兔子認真地說。「其實我們並沒有偏離太遠，只是我走得太往北了而已。你看到那邊了嗎？」她伸手指向一處。

「嗯。」他抽泣著回應，但並沒有抬頭看。

「我家就在那些樹後面——那座小山上的高樹叢中間有一棵特別高的橡樹，」兔子快樂地說。「我家，我所有的親戚，還有親愛的貝蘿的家人，以及野兔們、可愛的睡鼠們，還有我們所有的鄰居，還有……每個動物的家！」

蛤蟆抬起頭，順著她的目光望向南方。那裡的山脈一排接著一排，漸漸變得模糊，最終完全融入紫色的暮光中。與他們目前所在的這片山區不同，那邊的丘陵幾乎全都是草地和田野，樹木僅僅零星分布於樹籬間，而不是像這裡一樣幾乎被樹林覆蓋，只留下零星的開闊田地。

兔子柔聲說：「我記得最高那座山頂上的那些樹。我和弟妹總會趁能偷溜的時候跑去那裡玩。那裡太有趣了——我們七個孩子——我們會玩海盜遊戲、強盜遊戲，還有騎士與圓顱黨遊戲[9]，還有……」

「你確定嗎？」蛤蟆打斷了她，語氣充滿懷疑。「我們到那裡之後，你不會又說，『噢，我搞錯了，應該是那些樹，而不是這些樹！』吧？」

9 Roundheads：以英國內戰時期清教徒軍隊「圓顱黨」為主題的角色扮演遊戲。

兔子絲毫不理會他的打斷，繼續說：「而我們說，最高的那棵樹是白塔，我們還打算砍掉老么小弟的頭，因為他是假冒者。不過在我們執行這個計畫之前，媽媽就找到了我們。所以我們從來沒有做到。」她的聲音裡透著一絲失落。

蛤蟆也沒有認真聽她說話。他語帶顫抖地說：「因為如果你又弄錯了……」

兔子只是抖了抖身子，低頭看著蛤蟆片刻，她有點心不在焉的表情反而比任何話語都讓他感到更安心。「蛤蟆，那裡是綠丘沒錯！空氣如此清新，一點也不像河岸那樣濃重。你可以看到一望無際的景色。腳下的土地乾燥又輕盈，完全不像河岸濕重的泥土。搬到河岸和貝蘿一起住，學會划船，認識你們大家，這一切都很有趣……但是……噢，綠丘！」她語氣嚴肅地補充（而她很少如此認真）：「我知道這是家，蛤蟆。我能感覺到，你懂的。」

蛤蟆雖然天性輕浮，但他確實懂——深刻而真切地明白此刻映在她臉上的情感。每次他離家後再回到河岸，看到蛤蟆莊園溫暖的石牆、閃亮的窗戶、閃耀的庭園以及周圍的樹林時，他都會感受到同樣的情感。每一棵樹的枝幹和樹幹對他來說都像自己身體的一部分那麼熟悉——還有最重要的，河流經過那裡時特有的形狀與聲音。他懂，這是家在召喚她。兔子之前也許搞錯了，但這一次，她是對的。

蛤蟆顫顫巍巍地站了起來，抬眼望向兔子所指的那片樹冠。此刻，他只能看見它們模糊的影子，因為整片山區已經漸漸消失在暮色中。「我們今晚不可能到達！」

「是啊，」兔子悲傷地說。「但明天我們一定能到！我們只需要找個地方度過今晚就好——而且要快，趕在狐狸出來之前。」

兔子和蛤蟆沿著從十字路口向南延伸的小路前行，小路蜿蜒進入山丘的起伏之間，隨後穿進了一片樹林的庇護中，那裡夜色已經降臨。路邊沒有適合他們行走的地方，因為樹籬裡傳來太多令人不安的聲響——突如其來的沙沙聲、嘲笑的低語。當他們走到小路中央時，頭頂的樹枝間還傳來貓頭鷹殘酷而低沉的笑聲。蛤蟆的心臟激烈跳動著，彷彿下定決心要透過顫抖的尖叫聲從喉嚨裡逃脫似的，但他什麼也沒說，只是在黑暗中加快步伐，甚至努力平穩自己的呼吸——對於一隻平時神經緊張又懶散成性的蛤蟆來說，這可不是件容易的事。兔子則一言不發，只是從手袋裡拿出母親曾叮囑她隨身攜帶的小折刀，並以蛤蟆能跟上的速度迅速前進。

樹林越來越暗，樹籬裡的聲音越來越大，沙沙聲也越來越近。貓頭鷹的笑聲再次響起，接著是他抖動羽毛的聲音，像是在準備起飛。前方的空氣變得稍微亮了一些，他們便加快了腳步——甚至連蛤蟆都發現了自己體內隱藏的潛能，拚命向前奔跑。

噢，感謝天賜的機緣！他們終於衝出了樹林，可以看清景色了。

就在前方，他們看到了一座大建築的隱約輪廓，坐落在空地上，便毫不猶豫地朝那裡跑去。他們看到一扇門，微微開了一條縫，於是飛快地衝了進去，並在貓頭鷹悄無聲息展翅靠近的那一瞬間，及時關上了門。

他們聽見貓頭鷹猛然煞住翅膀，以免撞上門，接著傳來他低沉的聲音：「哎呀，親愛的小傢伙們！出來玩嘛！」但他們沒有任何動靜。貓頭鷹又發出一聲冷酷的笑聲後，就飛走了，消失在夜空中。

「我們真是太幸運了！」兔子說，終於喘過氣來。她環顧四周，發現他們身處一個高大而昏暗的空間。四周堆滿了農具和乾草，牆邊有一排空馬廄和房間，一輛小型兩輪手推車靠牆放著，車柄斜倚在地上。「天啊，蛤蟆，這是一個穀倉！我從來沒有在穀倉裡睡過。這對我來說將是一次全新的冒險。」

「不要再有什麼冒險了，」蛤蟆絕望地呻吟著。

「這可能是我們到綠丘之前的最後一次冒險了，」兔子遺憾地說。「雖然不怎麼樣，但畢竟乞丐沒有資格挑剔嘛。不管怎麼樣，這裡到處都是乾草，至少我們可以睡得舒服一點！到了早晨，我們就可以繼續上路。」

隨著對貓頭鷹和樹籬中可怕聲音的恐懼逐漸減退，蛤蟆的情緒稍微好了一點。「我想這裡沒有食物吧？沒有豬排、沙拉、法式奶凍，或者……」

兔子搖了搖頭。「除非你能吃燕麥？」她在逃跑中弄丟了最後的幾個蘋果。

「生吃？絕對不行，」蛤蟆憤怒地說，隨後重重地嘆了口氣。

「那麼我想，除了睡覺也沒什麼別的事可做了。」

他們爬到一個乾草堆上，從那裡可以俯瞰穀倉的主廳地板。一隻老鼠看到他們只是兔子和蛤蟆，便說道：「你們聽著！是我先來的。安靜點，別擠，知道了嗎？」然後又回去繼續睡覺。

蛤蟆在乾草堆裡翻來覆去，抱怨乾草讓他的皮膚發癢。他的鼻子癢個不停，他確定自己會因為打噴嚏而睡不著。儘管如此，他們還是蜷縮在一起，雖然他的鼻子仍然癢得難受，但他並沒有打噴嚏（至少當時沒有），最終還是睡著了。直到穀倉的門再次滑開時，他才猛然驚醒，發現自己直挺挺地坐在稻草堆中，嘴唇顫抖，差一點就要尖叫出聲。

「噓！」兔子壓低聲音提醒。她已經醒了，趴在乾草堆裡，向下窺探穀倉的主廳，有微弱的光線的地方。蛤蟆強忍住差點脫口而出的尖叫，也小心翼翼地看過去。

某隻動物帶來了一盞黑燈籠，並調到最大的亮度，但就算如此，還是只能勉強照亮主廳地板的一小塊區域，其餘地方則仍然隱沒在黑暗中。他們能看到八到十隻動物：幾隻白鼬和兩三隻互相推來推去的黃鼠狼，正圍著一個方形黑瓶傳來傳去，發出粗野的笑聲。

「蛤蟆，我覺得他們是罪犯！」兔子低聲說，語氣竟然毫無害怕的跡象。「但我想他們在等什麼或者某個動物。也許是主謀！這比單純在穀倉裡過夜還要有趣多了！」

蛤蟆可不同意，他張開嘴，正準備對她說點什麼，然而——不妙！那個已經威脅他許久的噴嚏終於成為現實，迫在眉睫。他拚命扭著臉，努力想把它壓回去，但一切都是徒勞。最終，像一個炎熱午後突然形成的雷雲般，一聲震耳欲聾的噴嚏從他身上爆發而出。隨後的死寂中，兔子的聲音響起：「噢，糟了。」

不一會兒，兩隻機靈的白鼬就找到了他們藏身的乾草堆，並將蛤蟆和兔子拖了出來（那隻老鼠早已消失無蹤）。他們被推到燈籠的光線中，蛤蟆直接趴倒在地板上，而兔子則穩穩地站著，拍拍裙子上的乾草，並向周圍的黑暗中探視。

「哎呀，竟然是隻兔子！」黑暗中傳來一隻黃鼠狼的聲音。「還有一隻蛤蟆，」另一邊的白鼬說。「竟然躲在我們的小窩裡！」第三個聲音接話。「孩子們，難道你們不該待在家裡嗎？」接著，他們全都開始嘎嘎地笑了起來，讓蛤蟆不禁回想起他們來這裡途中，樹籬裡傳來的那些奇怪聲音。

但兔子只是抬起手遮住眼睛，以便看清黑暗中的情況。「你們是逃犯嗎？」她用非常感興趣的語氣問。「這是你們的藏身處嗎？」「沒錯，小姐，」其中一個聲音回答，但現在聽起來不再那麼凶惡了。「我們是一群亡命的罪犯。」

「我們也是罪犯！」她興奮地喊，但隨即有些遺憾地補充：「唉，至少他是。我目前只有幫助和教唆，但這已經非常刺激了。」

「是嗎？」一隻黃鼠狼走進了光束中。蛤蟆微微抬起頭，但黃鼠狼的表情只是滿滿的好奇。「都是一些什麼罪行？」

蛤蟆坐起身來，剛要開口，兔子卻搶先回答了：「我想主要是偷竊——是不是？汽車、摩托車、馬匹，還有……」

「……還有兩、三次逃避警方追捕，以及越獄，」蛤蟆補充，站起身來。「還有濫用公共鐵路、偷馬，以及……各式各樣其他的事情。總之，」說到這裡，他挺起胸膛，「幾乎沒什麼是我沒做過的！」

蛤蟆描述的時候，白鼬、黃鼠狼，以及一隻顯然投靠他們的穀倉老鼠都向前靠近了一些，直到圍成了一個緊密的圈子，全都站到燈籠的光線中，長長的影子向後投射到黑暗中。兔子覺得這場景有點恐怖，但這群動物則是對蛤蟆的經歷感到敬佩。他們互相推了推，低聲說：「聽見沒？」「他甩掉了警察，還甩了兩次！」「那可是個真正的逃犯啊！」當蛤蟆以一個幾乎像是鞠躬的動作結束演講時，穀倉老鼠喊：「為我們的朋友三聲歡呼！」然後把那個方形黑瓶遞給了他。

「我不覺得……」兔子剛開口，但已經來不及了。蛤蟆接過瓶子喝了一口，立刻開始劇烈咳嗽，嗆得喘不過氣來，於是被拍了幾下背，還引來一陣歡呼。接著，黃鼠狼將瓶子遞給兔子說：「小姐，給你。」兔子無法拒絕，所以喝了一口，結果發現咳嗽和嗆得喘不上氣幾乎是唯一可能會有的反應。那味道——嗯，和她想像中的汽油味差不多，辛辣火燙，完全不像她生病時母親給她的那種接骨木花酒那樣甜美。不過，她撐過去了。等她抬起頭來時，發現白鼬和黃鼠狼都對她咧嘴笑，還為她歡呼。他們把她扶到一個倒扣的桶子坐下，隨後將注意力轉回蛤蟆身上，開始對他提問，要他講述那些冒險經歷。很遺憾地，蛤蟆越來越得意忘形，故事內容也越來越離譜，最終唯一與真相相關的，只剩下主角還是他自己。然而，白鼬和黃鼠狼們並不介意，只顧著歡呼喝采，不斷追問更多細節，並且讓方形酒瓶在圈子裡不停傳遞。

但即使是蛤蟆，過了一段時間也慢下來了。這時，其中一隻黃鼠狼轉向兔子問：「那你呢，小姐？」

「噢！我什麼都沒做過，完全沒什麼可說的，」她說。與銀行劫匪同行的經歷完全是意外，根本不值得花時間一提，而她也不認為這群動物會對熱氣球盜竊事件有絲毫興趣。

黃鼠狼拍了拍她的手。「別擔心，」他溫和地說。「小姐們可沒像我們紳士這麼多機會，真的。」

「嗯，我也是這樣想的！」她說。「這實在不太公平了。」

「不過，也許我們可以給你們安排點什麼，」黃鼠狼眨了眨眼說。「等老大來了，我們就問問他。」

「噢！原來你們聚在這裡是有目的的？」她激動地雙手交握。「而不只是……那些法外之徒怎麼說的……『隨便混混』？」

一隻友善的白鼬笑著說：「你說得對，小姐！我們確實是『隨便混混』，但為什麼呢？因為我們有計畫啊！什麼計畫呢？嗯，我們在策畫一次盛大的入室行竊……」

「這是怎麼回事？」一個新的聲音從燈光外的黑暗中響起——這是一個新的聲音，低沉、冷靜又平穩，帶著一種威懾力。大家瞬間安靜，立刻站起身來，帶著幾分不安地望向聲音的來源。所有動物——除了蛤蟆，他還是四肢大開地坐在圈子中央的地板上，陷入深思。和兔子不同，每次酒瓶傳到蛤蟆手裡時，他都毫不猶豫地喝上一口，因此現在他正處於所謂的「興奮狀態」。他把突然的靜默當成一個好機會，開口說：「就是這樣！我回不了家了……被蘇格蘭場通緝……也無法逃出國……犯罪生活就是我的未來了，夥伴們！我已經展現了極大的能……能什麼……呃，天賦。搶劫！攔路！盜……盜賊！我要加入你們的幫派，朋友們！」然後，他在醉醺醺的狀態下，努力在穀倉地板上做出了接近自我祝賀的鞠躬姿勢。

「這……是……怎麼回事？」冷靜平穩的聲音再次問，隨後一隻狐狸走進了光線中。

狐狸！兔子當然見過狐狸，但從未這麼近距離接觸。在綠丘裡，兔子和狐狸生活在完全不同的圈子裡，當然也不會互相往來。這隻狐狸是一個衣著講究的傢伙（雖然有點俗氣），身穿一件花俏的格子背心，外面套著粗呢的獵場管理員外套，腳上一雙不太乾淨的白色綁腿靴。他瘦削修長，擁有一頭紅棕色的毛皮和一雙閃亮的眼睛，舉止之間流露出一種讓人不安的狡黠與洞察力。他低頭看著那群緊張兮兮圍成一圈的白鼬、黃鼠狼和穀倉老鼠，又看了看兔子，最後目光落在蛤蟆身上。蛤蟆依然四肢大開地坐著，說實話，看起來格外滑稽。

「噢，夥伴們，原來我們有客人啊！」狐狸拉長聲調，假裝驚訝地說。他的手下原本帶著忐忑的神色望著他，但看到他似乎並沒有生氣，於是七嘴八舌地搶著回應。最後，曾經拍過兔子手的黃鼠狼開了口：「是啊，老大，我們確實有客人，就是這隻蛤蟆和這位年輕的兔子。」狐狸出現時，兔子就已經站了起來，她向狐狸行了一個小小的屈膝禮。高出她一截的狐狸回了一個鞠躬，但她覺得那並不是真心尊重的行為。

那隻黃鼠狼——看起來是黃鼠狼群的頭領，也是狐狸的副手接著說：「我們來的時候，他們就已經躲在這裡了，但我想不是來刺探的，更像是在躲藏。他們說他們也是罪犯，跟我們一樣。這位蛤蟆可是個大罪犯，犯下了八種搶劫、越獄，還有不知道什麼其他勾當。至於這位兔子嘛，她比我們所有動物加起來還要更壞。」他還朝兔子眨了一下眼，讓她羞紅了臉。

狐狸挑了挑眉，露出一絲驚訝。「罪犯？他們？不可能吧。」

白鼬和黃鼠狼們立刻開始七嘴八舌地轉述他們剛剛聽到蛤蟆說的種種罪行——其中既有真實的，也有誇大的，甚至還摻雜了完全虛構的內容。這時，蛤蟆已經掙扎著站了起來，在他們講完後，搶下了最後的吹噓權：「骯髒的……骯髒的勾當……各種都有。」

狐狸摸著下巴，若有所思地說：「嗯，也許你們派得上用場。至於你，親愛的年輕小姐……」他又對兔子做了一個帶著嘲弄意味的鞠躬，儘管剛才的故事裡並沒有提到她。

黃鼠狼頭領接話說：「好了，既然老大來了，夥伴們，我們動起來吧！」

「噢，好！」所有的白鼬、黃鼠狼和穀倉老鼠異口同聲應說，然後再次坐了下來。這次狐狸也坐到了他們中間，但剛剛那個方形瓶子卻不見了蹤影。

正如白鼬在狐狸來之前說的，這是一次入室搶劫：目標是附近的豪宅，主人此刻並不在家——「這對我們來說再合適不過了，」穀倉老鼠咯咯笑著說——那裡堆滿了名畫、華麗的花瓶、金飾鐘錶、銀器、精緻的掛毯以及各種珍稀古董。據說還有一個非常出色的酒窖，以及溫室裡值得一看的奇特蘭花。主臥據說也特別引人注目：「聽說那裡有一張天蓬床，由獅鷲雕像撐著天蓬中心，而天蓬頂上有一隻帶著地球儀，長了翅膀的蛤蟆，」白鼬解釋。

「那是我家！」蛤蟆憤怒地大叫。

十五分鐘後，蛤蟆和兔子就被鎖在了穀倉的馬具室裡，沒有任何出路。兔子稍微掙扎了一下，但他們以非常禮貌的方式拿走了她的小折刀，手袋倒是還給了她，然後護送她到馬具室。整個過程中，所有動物都保持了禮貌，曾對她眨眼的黃鼠狼頭領甚至看起來對整件事充滿歉意，還安慰她說：「別擔心，小姐，我們會送你回家的！」然而狐狸聽到這句話時，只是笑了一聲，笑聲讓兔子覺得非常惡毒。

至於蛤蟆，他似乎完全沒意識到自己正被押往牢房，一路上只顧著大喊：「你們這群無賴！你們這些下流胚子、無恥之徒！竟然敢打劫我家？簡直太放肆了！」直到他們把他推進馬具室，把門用力鎖上。他隨即開始一次又一次地全身撲向門，用力拍打，大吼大叫，直到筋疲力盡地倒在地板上。

「噢，你為什麼要多嘴！」兔子說。「蛤蟆，我不是想批評你，但那樣直接開口實在是太愚蠢了！」

蛤蟆坐起身來。「你沒聽見他們說的嗎？他們要去搶劫我家！我的掛毯！我的銀器！我的獎章收藏！可惡的盜賊！」

「但是蛤蟆，你本來可以阻止他們的！」兔子說。「我們本來可以跟他們一起潛入房子，他們一定會直接帶我們到那裡！然後你就可以把他們全鎖進酒窖裡……」

「那我的酒怎麼辦？」蛤蟆哀嚎著打斷她。

「然後我們還可以召集老獾和大家，把他們當場抓住！說不定你還能因為抓到他們而獲得赦免呢！」

蛤蟆抬頭看著她，臉上逐漸露出領悟的表情。「你說得對！你說的……完全……正確！兔子，那能解決所有問題！噢，我真是個愚蠢的蛤蟆！」說著，他的臉頰滑下第一滴眼淚。

「不行！」兔子嚴厲地說。「親愛的蛤蟆，你現在可不能哭。我必須聽清楚外面的聲音，如果你又在那裡嚎啕大哭，我就什麼也聽不見了。」

「嚎啕大哭？」蛤蟆氣憤地回應。「我？」但兔子只是做了要他安靜的手勢，便跪到門邊，把一隻長耳朵貼在馬具室的鑰匙孔上。

主廳裡，白鼬、黃鼠狼、穀倉老鼠和狐狸聚集在一起商討計畫。

他們的入室盜竊本來就已經很不錯，但現在，富有的蛤蟆先生竟然落入他們手裡，這簡直是天降橫財。他們一致認為，這開啟了完全不同的可能性。瓷器和銀製茶具固然不錯，但運送起來很麻煩，還要找人銷贓，而那些人從來不會給出公道的價格。分贓總是令人頭疼，更不用說還得冒著被警方和蘇格蘭場找到的風險（雖然可能性微乎其微）。

相較之下，贖金就簡單多了！蛤蟆莊園的蛤蟆先生當然非常富有。這代表著一袋又一袋的小金幣——容易分配，攜帶方便，而且一旦換成小面額的硬幣，就能輕鬆用來買酒、菸草，還有在旅店享用美餐。甚至可以拿著這筆錢移民到美國，畢竟那裡似乎對於遊走於法律邊緣的動物沒這麼嚴格。

「或者，」狐狸說，他們全都安靜下來。蛤蟆還在兔子背後小聲嘀咕，兔子便急忙做了一個手勢示意他安靜。

「或者，」狐狸再次開口，語氣冷靜，「我們可以把蛤蟆和兔子交給當局。」

兔子倒吸了一口氣，但她的反應被幫派成員更大的騷動掩蓋了：「什麼——交給蘇格蘭場？」「老大，那天一定會很有趣！」「你在開玩笑吧？」

狐狸用狡滑的語調說道：「聽我說。我最近讀了報紙。」白鼬和黃鼠狼們立刻安靜下來，臉上浮現出敬意的表情。讀報紙！老大竟然會閱讀！「蛤蟆並沒有撒謊，他確實是個大罪犯，正被城裡的警察和蘇格蘭場通緝。我的計畫是這樣的：我們先從蛤蟆的朋友那裡勒索一筆贖金（我想他應該有幾個朋友），然後再把他交給當局，換取我們所有罪行的赦免。」

一片肅然的沉默。終於，一隻白鼬帶著敬畏的語氣說：「老大，你真是太厲害了，簡直無出其右。我向你脫帽致敬。」說著，真的脫下了帽子。

「我不知道耶，」黃鼠狼頭領懷疑地說。「感覺不太好。他的朋友會花光積蓄把蛤蟆贖回去，但到頭來卻什麼也得不到！這好像不太誠實。而且兔子怎麼辦？她看起來完全是被無意捲進來的，而且她是一個很乖巧的女孩。」

「當然，我們會放了她，並讓她安全回家，」狐狸說。兔子在隔壁聽到這句話，不由得打了個冷顫，因為他的語氣並沒有讓她覺得安心。狐狸繼續說：「蛤蟆的贖金會是他自己的，不是他朋友的。更何況如果蛤蟆進了監獄（我們把他交出去後，他一定會進監獄），他的財產也會被沒收，充公給王室。」

「那我們拿了也無妨，」一隻白鼬務實地說。「真有道理。」大家開始一片贊同。金子和赦免，這簡直像是聖誕節早晨。

「很好，」狐狸說，站了起來。「我現在就去寫信給蛤蟆的朋友們和蘇格蘭場，把事情安排妥當。我們會發財的，兄弟們，你們等著瞧吧。」

Chapter 9

鼴鼠和貝蘿

屋內一切井然有序、安然無恙，沒有任何被擾亂的跡象。

陽光斜照進來，一切看起來像是在打盹，

儲蓄著能量，等待主人歸來。

回到河岸這邊，一切如常，依然沒有任何關於蛤蟆和兔子的消息。農夫和他的母親將破損的達斯利交給當局時，曾經有一小波新聞報導，但之後就沒有任何他們已經被捕的消息，綠丘那邊也沒有任何信件提到他們的到來。大家猜測，他們可能仍在某個地方逍遙法外，做著誰也無法知曉的事情。隨著時間的流逝，每隻動物都逐漸回歸日常生活，從最閒散、愛八卦的老鼠到嚴肅的老獾，他也回到了野森林裡他那蜿蜒曲折的地下洞穴。此時正值仲夏時節，田野裡的穀物正逐漸成熟，筆直高聳；果園的樹枝因掛滿新鮮的果實而低垂；花園裡的黃瓜、羽衣甘藍和萵苣鬱鬱蔥蔥，似乎在眼前飛快地生長。大家都有工作要忙，因為盛夏的到來總會提醒動物們寒冬即將來臨，大家都忙著做準備。

「蛤蟆真是個討厭鬼，」河鼠在一個陽光明媚的下午對鼴鼠說。

他那條漂亮的小船變得有點破舊了，所以他一大早就把船拉到碼頭上檢查了一番。最後，即使現在不是最適合的季節，他還是決定刮去舊漆並重新上漆。清晨涼爽時，這看起來是好主意，可是到了炎熱的午後，就不那麼吸引人了。尤其覺得自己已經做了不少工作，卻發現距離完成可能還需要好幾個鐘頭的時候，這種感覺尤為強烈，所以他感到有些煩躁。他彎著腰，將厚厚的油漆刷到船板上。同時，不少油漆也濺到了他的毛上，使他那原本光滑的灰色毛皮布滿了白色斑點。鼴鼠曾提出幫忙，但被拒絕了，因為河鼠認為沒必要讓他們兩個都搞得又熱又髒。然而，鼴鼠還是留下來幫忙跑腿，按照河鼠的指示端水或薑汁啤酒過來，並且不時提供娛樂和精神支持。

「蛤蟆？」這時，鼴鼠驚呼：「終於有他的消息了嗎？」「才不是呢，」河鼠冷哼一聲。「報紙都說他可能在任何地方，而事實的確如此，還有那個討厭的兔子也和他一起。不管怎樣，我要離開了。一旦我完成這個……」他揮了揮手中的刷子，白漆濺到了碼頭上，也滴入了河裡，化成一道濃濃的白線，隨後散開，化成了一片順流而下的白色痕跡。「我就得去拜訪我的堂兄們。」

「河仔，你不能走啊，現在一切都還這麼混亂！」鼴鼠喊著。「蛤蟆失蹤了，老獾也走了，水獺還在海邊呢！」

「我必須走，」河鼠說。「我已經拖太久了，這次不得不去南方拜訪一些堂兄。鼴鼠，反正我們在這裡也幫不上什麼忙。而且你還在，可以守住陣地。看住蛤蟆莊園，不讓那些白鼬闖進去之類的。」

「我應該可以吧，」鼴鼠說，但語氣聽起來很沮喪。「河仔，你會快點回來，對吧？」河鼠說：「我會盡快趕回來，但是……拜訪家人很難說。如果有什麼事情，你可以隨時找老獾幫忙。他可能不會喜歡在這個季節離開野森林，尤其是那些黃鼠狼又開始不安分了，但他會明白的。」

河鼠第二天一早就離開了，而鼴鼠突然發現，自己幾乎是夏日的河岸裡最孤單又最閒散的存在了。他原本打算自己練習划槳，避免遭受河鼠善意的調侃。除此之外，他或許還能多了解一些河流隱密的生命。然而，他就是忍不住開始擔心起蛤蟆和兔子。他不得不承認，兔子和貝蘿或許破壞了河岸生活的和諧氛圍，但這並不代表她應該因為一些顯然完全是蛤蟆的錯誤而被關起來。想到自己對河鼠的承諾，那天下午他划著剛上漆的雪白小船前往蛤蟆莊園（現在船身反射出的光芒在他划槳時閃爍不已）。他滿意地將船繫在船屋裡，因為他這一路划過來，一次都沒有把水濺進船裡。

他沿著明亮的草坪走向寧靜的房子。他按響前門的門鈴時，沒有回應；他繞到廚房旁的幫傭入口敲門，也沒有得到回應。蛤蟆平日雇用的家僕似乎全都不見了，鼴鼠不知道他們究竟是趁機度假去了，還是另謀新職，又或者被打發走了，直到蛤蟆回來（如果他真的會回來）。幸好老獾有蛤蟆莊園的鑰匙，所以如果情況持續下去，鼴鼠可以在大白天去野森林一趟（並且不偏離小路）找他拿鑰匙。目前，他只是繞著房子外面走了一圈，透過高大的窗戶向裡面張望，看看是否有白鼬或其他流浪者的跡象。然而，屋內一切井然有序，安然無恙，沒有任何被擾亂的跡象。陽光斜照進來，一切看起來像是在打盹，儲蓄著能量，等待主人歸來。

鼴鼠仍然感到不安，於是他穿過田野，走向自己距離約幾公里遠的小窩。整個夏天，他都住在河鼠家，只有短暫回過鼴鼠隱園幾次，一次是為了拿正式的背心參加蛤蟆舉辦的歡迎茶會，另一次是為了拿一根釣魚竿。他每次停留的時間都很短，只能草草環顧一圈。他安慰自己，家裡大概不會有什麼問題，但去檢查一下也無妨。

他一邊穿過田野和樹籬，一邊陷入沉思，不管他在想什麼，思緒總是回到蛤蟆和兔子身上。他們是否已經被祕密逮捕並囚禁了？他們到底在哪裡？是否成功抵達了綠丘？如果沒有，又發生了什麼事？為什麼他們不至少傳來一點消息呢？但所有這些問題，他都沒有答案，一個答案也沒有。

鼴鼠隱園在地底下，隱藏在一片燕麥田中央的小樹叢中。雖然小巧，但對於一個喜歡有客人來訪，卻更愛獨居的群居動物來說，這樣的大小正合適。夏天涼爽，冬天易於取暖，雖然有點破舊，但這是屬於他自己的家，裡面滿是熟悉的物品：用了多年的家具，幾本心愛的書擺在書架上；他的拖鞋整齊地放在小櫥櫃床前，床上蓋著母親為他縫製的被子。壁爐上方掛著一幅刺繡，是他多年前剛搬到河岸時，一位姊妹為他縫製的。刺繡圖案是一排鼴鼠的剪影，被樹木包圍著。這些鼴鼠原本是為了代表他的家人，但她額外添加了幾隻鼴鼠，讓圖案看起來更完整。圖案下方繡著用拉丁語寫成的「勇氣是美德，甜蜜家園是幸福」（audacia bona, melior domus dulcis）。

客廳裡並沒有什麼需要擔心的問題，儲藏室的牆上沒有老鼠洞，天花板也沒有漏水的跡象。一層薄薄的灰塵覆蓋在所有物品上，他拿起羽毛撢子輕輕拂去。但又似乎有些不對勁。他站在房間中央，羽毛撢子垂落在手上。究竟是什麼呢？然後，他恍然大悟。就像蛤蟆莊園彷彿進入沉睡一樣，鼴鼠隱園也睡著了。因為缺少了主人的氣息，而將自己封閉起來，暫時沉靜，進入一種冬眠般的狀態。所有物品都安然留在原本的位置上，甚至是廚房檯面上的刀子，以及餐桌中央的舊撲克牌都透著一種不容改變、不容觸碰的感覺。他感覺自己像是一個入侵者，一個潛入了自己家的間諜。

他知道自己可以喚醒它。鼴鼠隱園會像往常一樣熱情迎接他，慷慨地原諒他離開這麼久。但這又有什麼意義呢？他最終還是會再次離開，而鼴鼠隱園會想念他的存在，就像市集日被主人留在家中的狗，豎起耳朵聽著門外的動靜，不安地徘徊，直到最後不得不再次放棄，回到沉睡中，消磨時間，等待主人歸來。

幾週後的某一天，當夏日氣息漸漸消散去，炎熱且塵土飛揚的田野以及波光粼粼的河流轉入秋日時，他會回來。他會打開窗戶、整理床鋪、切麵包做三明治、搭建紙牌屋、閱讀書籍、穿上拖鞋，一夜又一夜地沉睡。但現在還不是時候。於是他放下了羽毛撢子（它也隨之回到了沉睡狀態，成為夢中屋的一部分），然後輕輕走上碎石鋪成的隧道，離開了家。

陷入沉思的鼴鼠走回蛤蟆的船屋，隨後又划回了河鼠的家。他經過向日葵小屋時，無意間抬起頭，看到裡面的燈已經亮了起來。「真希望河仔在這裡！」他一邊固定船隻，一邊自言自語。「關於家的思緒，還有詩歌之類的事情最適合找他討論了。他還會給辛苦了一整天回家的好友泡上一壺熱茶，或者準備幾個三明治。」他語帶憂傷地補充，因為很顯然，沒有這樣的待遇在等待著他。

鼴鼠嘆了口氣，解開小門的門閂走進屋內，生起火，放上水壺，並擺好茶具。等水燒開的時候，他從門口銅框信槽下的小籃子裡拿起郵件翻閱，因為他也將自己的信件轉寄到了這裡。然而裡面並沒有他的信，只有一封給河鼠的信、幾張宣傳單，以及一本金絲雀和鳴禽的郵購目錄——就在這時，他注意到了一個神祕的信封。他把信封翻過來看。那是黃色的廉價薄紙，不太乾淨，但上面的地址寫得很有趣：

致位於河岸
或河流等等的蛤蟆莊園
蛤蟆先生的任何一個朋友

緊急
收到後 立即開啟
事關生死！

地址旁邊，郵遞員用他拘謹的小字跡寫著：「給河鼠，其他動物都不在。」郵戳模糊不清。鼴鼠拆開信封，讀了信的內容後，憂心忡忡地說：「沒辦法了，我得去找貝蘿談談。」

鼴鼠將水壺從火爐上拿下來，然後封火——因為他知道火焰不能放著不管——接著他緊握著信封，快步走向向日葵小屋。當他到達時，天已完全黑了。為了防止河面升起的霧氣進入室內，窗戶都關了起來，但拉上的窗簾在屋內燈光的映照下透出溫暖的光芒。門旁邊，一盞形狀像舊郵車燈的煤氣燈明亮地照著。他深吸一口氣，把手放在門鈴繩上，輕輕一拉。裡面響起了叮噹聲。他猶豫了一下，心想是否還有時間偷偷跑走，但門幾乎立刻打開了，溫暖的金色光芒隨之湧出，出現在門口的是貝蘿。「哎呀，鼴鼠！」她驚呼，眼中滿是驚訝與好奇。

「你怎麼會來這裡？快進來！」

已經無法回頭了。鼴鼠跟著她穿過門廊，進入客廳。客廳的牆紙是淡紫色與白色條紋相間的，每一處平坦的表面都擺滿了許多裱框的照片。裡頭的家具看起來十分舒適，覆蓋著柔和的奶油黃色布料。壁爐裡燃著火光，一盞帶綠色燈罩的燈掛在貝蘿的書桌上。他注意到她的鋼筆橫放在寫到一半的稿紙上，顯然她剛才正在寫作。

「謝謝你，」鼴鼠有點尷尬地說。「這裡真是……嗯，非常宜人，很……有家的感覺。」

「謝謝，」貝蘿回答，露出咧嘴的笑容。她是在嘲笑他嗎？陰鬱的鼴鼠不禁這樣擔心著。「鼴鼠，你要喝茶嗎？你吃過東西了嗎？我稍早在河上看到你了，我知道河鼠不在。我正要去廚房準備點什麼。」鼴鼠這才意識到自己其實餓得要命。「謝謝，」他低聲說。跟隨著貝蘿走進廚房，發現這裡和客廳一樣充滿了愉悅的氛圍：架上擺滿亮晶晶的銅鍋和鮮豔的陶器，橫梁上掛著洋蔥和火腿。

貝蘿開始燒水，隨口說：「鼴鼠竟然來到了向日葵小屋！真是太意外了。自從我來到河岸，你就一直躲著我，不是嗎？」鼴鼠不安地搓了搓手。「我知道，對不起，可是……嗯……我以為你只是來這裡……找我麻煩的……你懂的，就是監督我，然後……向家裡報告……之類的。」

貝蘿的聲音中帶著一絲受傷的感覺：「你以為我是來監視你的？好像我的人生沒有更重要的事可以做似的！」她一邊將麵包切成片以方便塗奶油，一邊不忘搖了搖頭以示不滿。

貝蘿和鼴鼠其實是姊弟。貝蘿是大姊，他們小時候還住在綠丘時，她經常對他頤指氣使。公平地說，不只是她，大家都一樣：他是家中的老么，有五個兄姊，更不用說他的父母（現在已經過世），以及不計其數的關心他的姑姑阿姨和嚴厲的叔叔伯伯——每個成員都對鼴鼠應該做什麼有自己的看法。當他終於到了該離家獨立的年齡，省吃儉用，終於攢夠了錢買下鼴鼠隱園。這個家雖然簡陋，但完全屬於他自己，還能與家人保持著恰好的距離。「不然你為什麼會搬來這裡？」他低聲問。

貝蘿開始忙碌起來，拿出茶葉、茶壺、茶杯、糖、牛奶、奶油酥餅、烤餅、奶油和橘子果醬。「我非常愛他們，但家裡的每位成員總是希望我來做決定、安排計畫、解決問題，還總是告訴我應該怎麼過日子。我只想住在一個屬於我自己的小屋裡——沒有侄子侄女來長住的那種！——然後寫作。所以，當我攢夠錢時，我立刻就離開了。而親愛的兔子也渴望一場屬於她自己的冒險，我就邀請她跟我一起來了。」

「我明白了。但為什麼選擇河岸？」鼴鼠依然帶著一絲懷疑地追問。「為什麼不是別的地方？你明知道我住在這裡。」她將散茶倒進茶壺，回答說：「你在信裡把這裡描述得那麼美——綠意盎然、熱鬧非凡、景色怡人，還有……還有那條河！我們家鄉可沒有這樣的河流，對吧？我只是想親眼看看。」她抬起頭來，直視著他的眼睛，

「而且我想，離親友近一點或許也不錯，而且我知道你不會像其他成員一樣對我嘮叨。你一直都是我最喜歡的弟弟。」

「我是嗎？」鼴鼠目瞪口呆。「你總是把我拉去做這個、做那個，還老是罵我，要我別惹麻煩？」

「當然了，笨蛋！不然我為什麼總帶著你到處跑？」她笑著說。就在這時，水壺發出了嘶嘶聲。「茶好了！親愛的小鼴，你跟以前一樣加牛奶嗎？」

這一切都像是一場夢，一場包含茶點和豐盛晚餐的夢。不久後，他們回到客廳，貝蘿帶著有點黏膩的語氣問（她剛剛吃了用火烤過並淋上蜂蜜的烤餅）：「我看到你太高興了，竟然忘了問——你今天怎麼突然來拜訪我？」

「噢，貝蘿！」與姊姊開心敘舊，鼴鼠短暫忘了自己的煩惱。他將杯子放在他們前方的小桌上，語氣突然變得急切。「是蛤蟆！我真是太糟糕了剛才竟然一時忘記，但這件事真的太可怕了。蛤蟆被綁架了！這是勒索信。」

貝蘿從他手中接過信，他們一起讀了起來：

致蛤蟆先生任何一位真正的朋友：

聲名狼藉的蛤蟆先生在他最近的犯罪行為之後，已經落入我們手中，我們將他扣為人質，並要求贖金。你們當中必須有人將五萬英鎊硬幣放在聖吉爾斯後的榆樹下，否則後果自負！務必單獨前來！不准告訴蘇格蘭場！否則後果自負！

附註：我們還扣留了他的年輕朋友兔子，因為她是個非常好心的年輕小姐，並不像他那樣富有，因此只需支付一百英鎊便可將她贖回。

附註二：務必單獨前來，否則後果自負。

信件底部還畫了一塊小墓碑。

貝蘿仔細打量著這封勒索信。「這封勒索信寫得可真不怎麼樣！既沒說什麼時候交錢，也沒明確說是哪個聖吉爾斯——我猜是某個教堂或禮拜堂，但這些訊息也太含糊了吧！還有，他們也沒說如果我們不照辦會怎麼樣。墓碑這個細節倒是不錯，但……」鼴鼠嚴肅地打斷她：「貝蘿！現在不是你用作家的角度吹毛求疵的時候！他們抓住了蛤蟆和兔子！」

貝蘿皺起眉頭，光滑的深色毛皮起了些波紋。「我知道，我知道，只是……如果是我寫的，這封信會好很多。首先，所有的拼字都會正確。」善良的鼴鼠痛苦地叫：「誰管他們拼得對不對！我們該怎麼辦？這才是問題！河鼠不在、老獾不在、水獺也不在，蛤蟆莊園空空蕩蕩，我們無法得知可以去城裡找誰幫忙……」他越說越快，越來越激動，就站了起來，雙手緊握在一起。「我們能做什麼？貝蘿，肯定有什麼辦法！」

她一邊皺著眉頭凝視著茶杯，一邊用手輕輕繞著杯沿劃圈。「我明白你的意思，親愛的鼴鼠，很抱歉。我實在太容易……分心了。我們不知道他們什麼時候要我們付錢，而且我們也無法湊出來；說真的，這些壞蛋實在太不聰明了！他們應該先拷問蛤蟆，問出他在城裡的銀行名字……我知道，我知道，」看到他又要開口，她連忙接著說，「但我們知道他們會在哪裡等：聖吉爾斯教堂墓地。」

「是哪個聖吉爾斯？」鼴鼠悲哀地說。「我敢說全英國到處都有叫聖吉爾斯的教堂。我們老家附近不就有一個嗎？」貝蘿突然叫：「就是那裡！蛤蟆和親愛的兔子本來就是要去綠丘的，我敢肯定他們就是在那裡被抓住的！所以我們只需要去那裡找到他們，或許就能將他們救出來。」

鼴鼠和貝蘿計畫在天亮時啟程。「晚上出發可沒什麼好處，」貝蘿說，鼴鼠聽到遠處傳來貓頭鷹的叫聲，不禁打了個哆嗦，立刻表示同意。那天晚上，他忙到深夜都在收拾行李：從箱子的底部翻出河鼠的手槍，仔細檢查其中一把；從壁爐上方交叉擺放的武器展示中挑了一把彎刀，磨得鋒利；找來繃帶（以備不時之需）、一捲毯子和一頂帳篷（貝蘿會帶食物和她自己的毯子）。然而，當他試圖將所有物品塞進背包時，發現根本裝不下，只好精簡篩選。最終，他選好了所有物品，把背包緊緊綁好。鼴鼠站起來時，已經氣喘吁吁，滿身是汗。這時他才注意到，剛剛隨手放置的乾淨備用手帕還放在桌上，所以只好再次打開背包，找個角落塞進去。接著，他又想不起來指南針已經收進去了，還是只是被他弄丟了。總之，他終於完全準備好上床時，已經是深夜了。

他躺在床上，正準備吹滅蠟燭時，突然又想起一件事。「噢，真討厭，」鼴鼠沮喪地自言自語。「我必須各寫一封信給老獾和河仔，要寫兩封信，真可惡！我得告訴他們情況，這樣他們才能籌出贖金，並儘快追上我們。」他強迫自己睜開眼睛，拖著身體下床，開始寫信。他將寫給老獾的信裝進信封，貼上郵票後，放進門邊的郵槽裡，準備隔天寄出。而要給河鼠的信，他則摺起來，在背面用清晰的大字寫上「河仔，非常重要！」然後將信放在桌子正中央，確保一定會被看到。這一切完成後，他終於，終於回到了床上，沉沉睡去。

因為疲憊以及擔心朋友，鼴鼠忽略了一件事：他忘了將原始的勒索信夾在給河鼠的信中。他寫信時，勒索信就放在桌上，但當他重讀自己寫的內容時，無意間把勒索信摺起來，順手放回了外套口袋。於是，在接下來的冒險中，那封信就這樣被遺忘了，既沒被找到，也沒被想起。

第二天破曉時分，貝蘿和鼴鼠在她家草坪的栗樹下碰面。他們各自背著一個背包，手裡拿著堅固的手杖，貝蘿的口袋裡還塞了一張地形測繪圖。他們低聲商量了一會兒，然後貝蘿拍了拍鼴鼠的手，一同沿著河邊小徑向北走去。他們的身影被一隻水雞、一隻老鼠和一隻刺蝟看到，這三個都是愛八卦的傢伙。

那天深夜，河鼠回到了河岸。在往年（這是他每年的例行拜訪），他可能會沿著鄉間小路和牧場悠閒地步行回家。途中，如果遇到特別有吸引力的小酒館，他會停下來嘗試當地的啤酒，夜晚則在星空下入睡，或許還能看到一場流星雨（因為現在是八月）。但今年，蛤蟆（還有兔子）失蹤了，所以他盡量縮短了拜訪時間，結束後搭乘火車返回。儘管一般來說，除了蛤蟆，河岸的動物都避免使用這種交通工具。

火車在村子裡的小鄉村車站停下時，夜色已深。整個月臺空無一人，只有他孤零零地下車。沒有搬運工，甚至連站長也沒有出現。黑暗中，他能聽到蟋蟀和青蛙此起彼伏的鳴叫聲，車站鐵皮燈罩下的燈光吸引著飛蛾和昆蟲飛舞。除此之外，四周一片靜悄悄。

「河鼠！」一個聲音從陰影中傳來。「喂，」河鼠謹慎地回應。老獾從車站燈籠投下的光圈中走了出來，河鼠立刻放鬆了下來。「老獾，這麼晚了，你不該這樣偷偷摸摸嚇唬同伴！」老獾只是沉重地搖了搖頭，神情嚴肅。「我一直在等每班火車，希望能等到你從這裡回來。」「老獾，這沒必要啊！或者，噢，老獾，你的意思是，你聽到了什麼消息嗎？」他急切地問。「是關於蛤蟆的嗎？」「沒有，他一點消息也沒有，」老獾說。「但夜晚的戶外不是討論的時候。我們去你家再談。」

在回家的路上，河鼠向老獾問個不停。但關於蛤蟆，並沒有什麼好說的：據他們所知，他還沒有被抓住。兔子也依然下落不明。「這麼多天都沒消息……」老獾的聲音漸漸低了下去。不用把話說完，他們都明白其中的含義，再說，他們也不習慣對這種事進行猜測。

河鼠打開家門，帶老獾進入他的客廳。客廳裡一片漆黑又寒冷，燈籠的燈芯早已燒完。「鼴鼠？」河鼠喊了一聲。「鼴鼠？」

「看來是真的了，」老獾沉重地說。河鼠點亮了一根蠟燭，好讓自己看得清楚，然後取下燈籠修剪燈芯。「什麼是真的？他回鼴鼠隱園了嗎？」老獾清了清嗓子，似乎準備宣布壞消息：「果然不出我所料。不是的，河鼠。鼴鼠沒有回鼴鼠隱園。他們私奔了。」河鼠瞪大眼睛看著老獾。「私奔？誰私奔了？」

「鼴鼠和鼴鼠小姐，貝蘿。我本來希望能有其他的解釋，但顯然沒有。鼴鼠不在這裡就證明了一切。他們走了，貝蘿和鼴鼠一起。」

「我簡直不敢相信，」終於找回了自己聲音的河鼠說。「不相信？那就自己讀吧。」老獾把一張紙塞到河鼠的手裡。

親愛的老獾：

我匆忙寫信告訴你，貝蘿和我馬上就要動身去聖吉爾斯（那是離綠丘最近的教堂）。也許我們一起能解決這兩個動物陷入的最糟困境。很抱歉，但我們把籌錢的事留給你了，因為我們對律師或銀行經理一無所知。我把原始信件留在河鼠那裡，所以你可以看看該怎麼辦。希望你一切安好。我今天去看了一下蛤蟆莊園，一切似乎都還好。

鼴鼠 敬上

附註：貝蘿向你問好。

河鼠翻過信紙，尋找任何可能的線索，但背面是空白的。「這不可能！這根本說不通。他提到給我的那封信在哪裡？」他們在桌上找到了鼴鼠給河鼠的信，一起讀了信。內容基本上相同：鼴鼠和貝蘿一起奔往綠丘的某個教堂，他們會在幾天後回來。有人需要處理與錢有關的某件事情。信中並沒有附帶任何其他信件。

「錢應該是指嫁妝吧，」老獾說，一隻手輕輕敲著那張紙。「而鼴鼠提到的這封信，應該是貝蘿寫給他的。」河鼠猜測：「也許她遇到了經濟困難，必須靠結婚來挽回財務狀況？」

「但鼴鼠並不富有啊，」老獾提醒他。「我知道，只是……鼴鼠……戀愛了？這真是難以置信。我可從沒見過他們有超過一兩句的交流。」

「我們最近都忙著蛤蟆的事情。難道你無時無刻都和鼴鼠在一起嗎？」河鼠皺起眉頭：「當然沒有！我又不是他的保母，他有他自己的事情，就像我們一樣。說到貝蘿！他甚至不喜歡她！」

「事情往往就是這樣的，」老獾陰沉地說。「你難道從沒讀過報紙上的連載小說嗎？」河鼠驚訝地回應：「沒有，而且我比較難相信你竟然讀過！」

老獾不以為意，繼續說：「這些故事裡充滿了，滿滿的……起初互相不喜歡的年輕人，然後經歷一連串的意外後墜入愛河的故事。這些故事總是……我再說一遍……總是以婚禮作為結局。」河鼠倒吸一口氣。「婚禮！噢，老獾，事情肯定不會發展到那一步吧！結婚！」

「我認為這種事根本不是他的風格，對，不是。」老獾嚴肅地說。「我並不是要冒犯貝蘿，她是一個很有禮貌的動物——事實上，她在很多方面都值得欽佩——但是，你知道的。」河鼠當然知道。「老獾，我們不能讓他犯這樣的錯誤！我們就不能阻止他嗎？」

「怎麼阻止？」老獾哀嘆。「在這種混亂的時刻，他們不親自打招呼就這樣私奔，真是太不顧及大全了。我們現在根本離不開，可是又不得不跟上去，試著勸醒他們。」

河鼠用黯然的語氣說：「我想是非去不可了。老獾，那蛤蟆呢？他還在某個地方，或許吧。」

「管他的蛤蟆！」老獾惡狠狠地說。「我不管他了。我們警告過他多少次，他那些愚蠢的惡行終究會讓他變得聲名狼藉（甚至更糟）；而這次，他居然把另一個無辜的動物拖進了他的麻煩之中。」他抬起頭，臉上逐漸浮現恐懼的神情。「該不會，他們也結婚了吧？」

河鼠瞪大眼睛回望他。「蛤蟆？和兔子？」老獾哀嘆了一聲。「簡直不敢想像，但他們已經獨自相處了好幾天。」

「如果他們回到河岸，他當然得娶她，」河鼠說。「不過，這或許能讓他穩重一點呢。」但老獾搖了搖頭，只低聲說：「蛤蟆，結婚？光想就覺得他還是別回來比較好。」

Chapter 10

受限、受困、受禁錮

兔子聽到之後，將耳朵往後壓了下去。

無論在什麼情況下，沒有哪個動物會樂意

聽到自己被廉價看待。

蛤蟆一點用處也沒有。他總愛吹噓的英勇膽識早就煙消雲散。在那漫長的第一個夜晚，當那幫歹徒忙著制定計畫、狐狸埋頭寫信時，蛤蟆只能縮在破舊穀倉裡的馬具室牆邊，滿臉掛著又圓又大的淚珠，不時哀號著「完了！完了！」的聲音就像濃霧中響起的警笛。兔子安慰了幾次，見毫無效果，乾脆專心試著透過牆上的裂縫聽外面的聲音，但能聽到的東西少之又少，只有細小的交談聲和粗魯的笑聲。

黎明前，微弱的光線透過牆縫滲進來。就在這時，狐狸終於提高聲音說：「計畫就是這樣了，兄弟們，都清楚了吧？」幾聲附和隨即響起。「你們把信送到郵局。你們兩個守著，我們明天晚上再集合。幾天內應該不會有消息，所以現在的任務就是——確保他們安全，對吧，兄弟們？」

「沒錯，老大，沒錯，」幾個聲音齊聲回應。在一陣「待會見，夥伴」的嘈雜聲中，穀倉的門開了又關，然後兔子聽見他們牢房的門被解開的聲音。進來的是狐狸。他用那狡猾的聲音說：「還舒適嗎？」

出乎意料的，是蛤蟆先回應了。他看起來狼狽極了，滿臉淚痕，身上髒兮兮。他那套原本體面的進城外出服早已撕破不堪，上面還沾滿了穀倉地板上的稻草。但他還是勉強站了起來，手扶著一張凳子，用微弱的聲音說：「你是想餓死我們嗎？惡棍，儘管使出你最糟的手段吧！」

狐狸搖了搖頭：「餓死？噢不，我的風度跑去哪裡了？」他一揮手，先前指定的兩名守衛走上前——兔子鬆了一口氣，注意到其中一個是之前向她眨眼示意的那個友善黃鼠狼，而另一個卻是那隻粗魯的大白鼬。「夥伴們，我們總不能讓客人挨餓吧，對吧？」

白鼬發出了一聲極為不友善的笑聲。狐狸接著說：「去找些水和食物給他們，然後把他們牢牢關起來，直到我們回來。我可不希望在我回來之前，他們發生……任何事情。」說到這裡，他狠狠瞪了白鼬一眼。白鼬不情願地踢了踢地面。「別做蠢事。如果計畫成功，我們就會變得富有——富有而且罪刑一筆勾銷！」接著，他帶著一個誇張（兔子認為）但毫無誠意的鞠躬，隱沒在黎明的涼爽陰影中，接著門在他們眼前關上了。幾分鐘後，那隻黃鼠狼端來了一些粗糙的黑麵包和一點奶油，還有一桶不太乾淨的水，水面上漂浮著稻草。「小姐，很抱歉，這不是你習慣吃的食物，」他帶著歉意跟兔子說，「不過今晚我會跑去村裡的小商店，帶些海綿蛋糕和果凍給你，你應該會很開心吧？」然後門再次被鎖上了，他們再次被單獨留在牢房裡。

「好吧，事情就是這樣了，」兔子就事論事地說，然後轉向蛤蟆。「我們必須逃出去，就是這樣，然後再去綠丘。」蛤蟆正翻著粗糙麵包，彷彿希望在下面找到一片烤牛肉。他抬起頭，滿臉哀傷地說：「他們果然還是想餓死我們。但我們能做什麼呢？」

這正是問題所在。接下來的兩天簡直無法用筆墨形容——至少無法用熱情的文字來描述。在蛤蟆懶散的幫助下，兔子仔細檢查了他們的牢房。馬具室的牆壁由有百年歷史的堅固橡木製成，木材經歲月沉澱，硬如磐石。雖然牆上有些縫隙，但沒有一個地方能讓穿著外出服的兔子擠過去，更不用說那隻胖乎乎的蛤蟆了，他甚至不願意弄壞他衣服上的鈕扣。地上堆滿了馬鞍架、馬具箱、斷了一隻腳的木凳和水桶。靠牆的一側放著一個有錫板內襯的大木箱（「一口棺材，」蛤蟆哀嚎著），用來存放調配飼料的燕麥袋。

另一個角落堆著一疊馬披毯（「好幸運啊！」兔子說。「裹屍布，」蛤蟆哀嘆，「滿是灰塵的裹屍布」）。牆的上方有個搆不著的地方凌亂的單層架。架子的上面，馬具室的高度似乎無止無盡，直到帶有格柵的天花板，而天花板上方則是乾草倉的地板。牆上掛滿了馬鞍、騎馬用的鞭子（「刑具！」蛤蟆哭喊）、韁繩、束腹帶、皮革帶、備用的鋼製馬嚼，以及柔軟的麻製馬轡；但這些東西全都高高掛著，即使跳起來也搆不到。更何況，他們兩個都不是那種能輕鬆跳過峽谷或攀爬陡壁的體型。「完了，」蛤蟆悲傷地說，隨後一頭栽倒在地，開始哭泣。「完了！」

「別胡說！」兔子堅定地說。「為什麼我們會完蛋？最壞的情況不過是他們收到了贖金，然後放了我們，就這樣。」但蛤蟆只能在地上滾來滾去，喊著：「這不公平！這不公平！」兔子跪在他身旁。「什麼不公平？被綁架嗎？我確實同意，但既然我們已經在這裡了，就得盡力應對。」

但此刻，真正讓蛤蟆情緒激動的並不是被綁架，而是贖金。「你聽見了嗎？」蛤蟆抽泣著說。「五……萬……英鎊！我要破產了！」

（這完全不是真的）。「我要流落街頭……啃鞋底……在公園裡露宿，不論風雨……」（這更是天方夜譚）「這根本不可能，兔子，就是這樣。」

兔子理智地說：「反正這些錢都是你自己的，還有什麼比用來贖回你自己更好的用途呢？」「這是原則問題，」蛤蟆哭泣著說。「他們應該去找那些仰慕我的朋友要錢！這些土匪應該要求他們一起湊錢。我敢說，他們都會願意出一點的。可是他們偏偏要掏空我最後的一枚銅板！」他誇張地揮了揮手。「要不要乾脆連我的牙齒都拔去？」

「安靜點，」門外的一名守衛警告，「我們連算分數都聽不清楚了，真是的！」他們正在用一個倒置的水桶當桌子，玩著雙人紙牌遊戲[10]，打發這漫長又無聊的一天。

cribbage：源自十七世紀的英國紙牌遊戲，以其獨特的計分方式和策略著稱。

「蛤蟆、蛤蟆！」兔子叫著，語氣有點緊張：即使是她也有忍耐的極限。「蛤蟆，你自己那麼有錢，你不能指望你的朋友們替你付贖金！這……實在太荒唐了。」

蛤蟆還在抽抽噎噎。「我覺得他們會樂意幫我解決這點小麻煩，賣掉一兩塊田地，變現他們的資金，或者去城裡偏僻的小辦公室借點錢，但是……」他突然停住了，臉上浮現一種停滯的表情。「不。老實說，我這是自作自受。老獾說過他不會再管我了，河仔也是！甚至我上次惹麻煩時，鼴鼠的表情也很不贊同，他說……他說……」蛤蟆哽咽了。「他說他們不能繼續幫我脫困了。我最好的朋友……最真摯的夥伴！我已經耗盡了他們的感情，就是這樣！」

「蛤蟆，」兔子嘆了口氣，將手壓在緊閉的眼睛上，似乎頭痛得厲害。「你的朋友們會收到勒索信，然後聯繫你的銀行，籌集資金，支付贖金，而你將、被、釋、放。」

「除非他們收到了勒索信，卻決定不支付，」蛤蟆以一種沮喪的語氣說，顯然打算繼續沉浸在悲慘之中。「他們也許會慶幸我不在了。河岸的生活沒有我會簡單許多。這正是我應得的。」兔子現實地說：「如果真是那樣——但肯定不會發生——我們只能自己逃出去，」

「不可能，」蛤蟆抽泣著說。「被扣押、被圈禁，像野獸一樣被囚困！完了！沒有出路……沒有希望……沒有……」兔子問：「什麼？你可是堂堂的蛤蟆！有什麼監獄能困住你？」

蛤蟆猛烈地搖著頭，尖聲喊：「完了！」兔子跪在他身旁：「親愛的蛤蟆，他們還把你的事寫進報紙！英勇的蛤蟆，冒險的蛤蟆！還因為你制定了議會法案！甚至監獄改革都因為你而廣泛推行！」蛤蟆抬起頭，雖然還有點不情願放下他的悲慘情緒，但說：「你說得或許有道理。」「你簡直就是個傳奇人物啊！」兔子說。「我們一定能找到逃脫的方法。」

「你上次是怎麼逃出去的？」兔子問。那是第二天。兔子一點一點幫助蛤蟆恢復他的自尊心，但（就像蛤蟆平常一樣）他並未在平衡點上停留太久，而是迅速越過平衡，滑向了與他最為相稱的那種神聖的自我陶醉。

蛤蟆心滿意足地說：「那時監獄長的女兒對我頗為傾慕，是因為我的外貌、我的品格還是我的勇氣，我說不上來，是一位可愛的年輕女孩，完全被迷住了，徹底地迷住了，但我們之間的地位差距太大了。無論如何，我都無法回應她那完全可以理解的情感……」他帶著一種毫不討喜的得意笑容停頓了一下。「我剛才說到哪了？」

「監獄長的女兒，」兔子提醒。「對，對，」蛤蟆說，微微一鞠躬，彷彿正在對一個政治集會發言。「那麼，簡而言之。這全是因為愛，雖然說出來有點不好意思……」（事實上他一點都不覺得害羞）「監獄長的女兒說服了一位年老的洗衣婦把她的衣服給我。我偽裝起來，從一排有衛兵守著的走廊大搖大擺地走過，穿過由冷酷獄卒把守的大門，當面嘲弄警察，甚至直接戲弄監獄長……沒有人發現任何端倪！呵呵！我大搖大擺地從正門走了出去，像黃銅一樣大膽，像鳥兒一樣自由！」

蛤蟆本來想再繼續說下去，但兔子顯然沒有在聽。她說：「我不認為那隻黃鼠狼或白鼬有任何女兒會愛上你，而且我也懷疑這穀倉裡有任何與洗衣婦相關的人物。」她不滿地看了那些骯髒的馬披毯一眼。「說得也是，」蛤蟆有些洩氣地說。「但是，等等，兔子，那隻黃鼠狼不是一直在對你示好嗎？」

「對我？哪有！」兔子驚呼。「他年紀那麼大！我是說，他確實很友善，這是真的，但我相信他只是單純很友善而已！而且如果這是真的……」她是真的害羞臉紅，「利用他的感情來達成目的實在太殘忍了，這會讓他陷入最糟糕的麻煩，無法向狐狸和其他動物交代。不過，我想我們還是得試試，是吧？」

現在已是大白天，透過牆上的一條縫隙，可以稍微看到穀倉主廳上的情景，雖然那畫面乏善可陳。黃鼠狼和白鼬玩了很久的紙牌，直到黃鼠狼贏了（「這很好，」兔子說，「因為他的心情會比較好」）。然後黃鼠狼出去舒展了一下腿，抽了一根菸，而白鼬則留在原地，拿著刀尖對準地板丟來丟去。接著他們一起坐著，幾乎沒說什麼話，最後白鼬站起來說：「好吧，我出去走走。你別睡著了，聽見了嗎？我可不想在回來的時候，發現那些該死的罪犯敲了你的頭逃走了。」他笑著離開了。

「現在！」蛤蟆低聲喊。「我知道，」兔子低聲回應。「只是……噢，好吧，如果我必須這麼做的話。」當蛤蟆躺在一堆馬披毯上，開始小聲打起鼾時，兔子輕輕敲了敲馬具室的門。

「有人嗎？」她說。她聽見黃鼠狼靠近。他在門外說：「哎呀，小姐！你還醒著嗎？你應該蜷起來，好好睡一覺，把這漫長的夜晚補回來，夢裡有漂亮的帽子、蛋糕，還有其他好東西。」

「蛋糕，」蛤蟆在她身後輕聲呻吟。兔子說：「噢，我也想，可是……我真的太害怕了！這一切結束後我們會怎麼樣？我知道狐狸說他會釋放我們，但我們怎麼能相信他呢？我確定一定會發生非常可怕的事情！」

「你不會有事的！」黃鼠狼用安慰的語氣說。「蛤蟆的朋友會帶著錢來，一切就解決了，你們會獲得自由的！」兔子輕輕啜泣了一聲，她覺得聽起來很假，但黃鼠狼聽了卻緊張地說：「噢，小姐！不會的，我向你保證，你會很安全！」她的聲音越來越小，「只是……畢竟他是狐狸，而且……而且……」又抽泣了一下。這次聽起來比較有說服力，蛤蟆熱切地點頭，還豎起大拇指鼓勵她。她試著讓聲音再加上一點顫抖：「拜託，先生，拜託！你難道沒有別的辦法嗎？」

「嗯，事情是這樣的，」他慢慢地說，聲音聽起來有些猶豫不安。「我們的老大——就像你這個聰明的小姐注意到的——是一隻狐狸。而狐狸嘛……你說得對，狐狸不像別的動物，要是有人傷害你，他不會坐視不管的，這是事實。」

「那麼，你就不能轉過去一下嗎？哪怕只是幾分鐘？」兔子努力讓自己的語氣聽起來更加絕望。「我知道這個要求太過分了，我只是……」她又開始啜泣。蛤蟆想悄悄拍她的背以示鼓勵，但她迅速把他推開了。

「這是怎麼回事？」白鼬大聲說，他不知道什麼時候已經悄悄回到了穀倉。「在跟囚犯聊天嗎？他們是不是還想要羽毛枕頭墊頭？還是想要洗澡水？真是個好主意，不過我可不這麼覺得。」計畫就這樣破局了。

「現在怎麼辦？」兔子問。現在已是午後，穀倉裡涼爽陰暗，但當囚犯們將眼睛貼近牆上的縫隙往外看時，他們能看到外面陽光耀眼，空氣中的花粉在光線下閃閃發亮。剛才，黃鼠狼頭領和白鼬之間似乎在低聲爭吵，但蛤蟆和兔子什麼也聽不清楚。爭吵後，黃鼠狼頭領再也沒有靠近馬具室，而白鼬則倚靠在穀倉的主門上，帽子遮住眼睛。他們本來以為他睡著了，但每當有蒼蠅落在他的背心上，他都悠閒地用手彈開。

整整一個小時，蛤蟆都躺在門邊翻來覆去地哀嚎，兔子則高聲喊：「噢，他生病了！快去請醫生來……給點水……什麼都行！」兔子心想，真可惜他們沒有一開始就試這招，因為守衛看起來根本不相信。白鼬只是哈哈大笑，而黃鼠狼頭領顯然已經心安理得地接受了兔子的命運，從穀倉另一頭說：「算了吧，小姐，別再喊了！沒用的，你只會白白喊破喉嚨而已。」

第二個小時裡，蛤蟆改變策略，守在門邊，用盡各種花言巧語。他試過賄賂，也試過威脅；試圖訴諸理性、感情和原則；他哭訴、咆哮、乞求、命令，無所不用其極。然而，這一切都沒能如他所願。黃鼠狼頭領一言不發，白鼬則是在蛤蟆停下來喘口氣或故作停頓時，就取笑：「怎麼停了？繼續啊！這真像一齣戲，」或者「我看你已經演到第三幕第二場了，夥伴，」還有「這位年輕小姐什麼時候才能有一句臺詞？」

之後，大家都沉默了，事情似乎暫時告一段落。太陽慢慢移動，雲層開始在天邊堆積，穀倉裡的光線逐漸變得又冷又昏暗，隨後響起：啪，啪，啪啪，啪啪啪——是雨聲，柔和且灰濛濛的雨聲，像一層輕紗覆蓋了整個世界。木牆吐出涼爽的氣息，彷彿外面的雨氣滲透了進來。

雨繼續下著，綿綿不斷，柔和而灰暗，像松鼠的腳步般輕輕拍打著石板屋頂。白鼬和黃鼠狼頭領又開始玩起了紙牌。蛤蟆沮喪地坐在地板中央，不時重重嘆氣。兔子則再次仔細檢查他們的牢房：木牆、馬具箱、凳子、馬鞍架、水桶、毯子。她爬上飼料箱，想將單層架上的物品看個清楚：馬具室裡常見的雜物，包括牛蹄油、馬鞍皂、壞掉的馬鐙鐵片、舊馬蹄鐵、仍帶著濃烈煤焦油氣味的空藥瓶、馬蹄刷、有著神祕黑色殘留物的破損杯子、一盞沒有燈芯的煤油燈、古老的賽馬日曆，以及一本名為《她到底做了沒有！》（*Did She Ever!*）的黃色封面小冊子，以及一把用來切割皮帶和韁繩等的U形刀片。雖然這些東西大多派不上用場，但兔子還是將切皮帶的刀片和幾個馬蹄鐵拿下來。她又爬到一個馬鞍架上，想抓取掛在牆上的裝備，但似乎拿不下來，而且稍有動作就可能發出巨大的聲響。

她回到了馬具室的後牆。這是一間老舊穀倉，牆板經過幾十年的風化已經縮裂，縫隙間隱隱透著光，有些地方甚至寬達四、五公分。空氣透過縫隙輕輕透進來。她將眼睛貼近其中一條縫隙時，看到了一隻知更鳥，正在穀倉後面的小草地上蹦跳，啄食蚯蚓。就在草地後方，是一片山毛櫸林，淺色的樹幹和顫抖的樹葉在銀灰色的雨中漸漸模糊遠去。

忽然間，她在樹林深處看到了一個模糊不清的身影，高挑的雙腿穩健地向前邁步，雨珠在他鹿角頂端形成的皇冠上閃閃發亮。

「噢！」兔子輕聲驚呼。

「什麼？」蛤蟆在她身後不耐煩地問。「一頭雄鹿！」她說，

「噢，他是如此美麗。」她真希望貝蘿此刻也在這裡，她特別擅長用華麗辭藻形容這類事物。「雄鹿！雄鹿有什麼用？」蛤蟆哀嚎，一頭倒在地上。他過去幾天實在是諸事不順，而他對欣賞自然之美的興致本來就不高，現在更是降到了幾乎完全不存在的地步。（在他看來，大自然總是缺乏帶遮陽傘的咖啡桌和殷勤的服務生，送上一點能解暑的小飲品。）

兔子輕輕嘆了口氣，用手指沿著牆面摸索。在靠近地基的地方，牆板的末端變得鈍鈍的，已經被濕氣侵蝕得腐爛，但縫隙還不足以讓一隻瘦小的兔子擠過去，更別提一隻胖蛤蟆——更何況他很可能還需要被催促一番才願意行動。飼料箱靠著一側的牆面，留下了一個狹窄的空間緊挨著後牆。這個空間逐漸被各種雜物堆滿，但她看到雜物後面隱約透出的銀色日光。那裡有個縫隙嗎？她盡量無聲地將一個散發著霉味的破損馬鞍搬開，接著是一條破碎的馬披毯。馬披毯下面是一個破裂的飼料槽，重得她無法搬動。「蛤蟆？」她輕聲說。「你能幫個忙嗎？」

「為什麼？」蛤蟆問，很遺憾，他的語氣相當粗魯，音量也沒壓低。兔子急忙低聲說：「噓！別讓他們聽見！那道光——我覺得這裡下面有個洞！幫我把這些東西挪開。」蛤蟆又用正常音量說了一句，「為什麼要這麼麻煩呢？」才突然恍然大悟，低聲說：「啊！」白鼬從穀倉大廳警告地喊：「安靜點。」

他們一起把飼料槽的木板一塊塊搬開，幸好溫柔的雨聲掩蓋了他們製造的許多小噪音，像是輕輕的喘氣聲、蛤蟆低聲的抱怨，以及兔子低語的指示。只有一次差點鬧出大事，當時蛤蟆突然大叫一聲，鬆開了手中的木板，木板掉到地上發出巨大的聲響。「啊……呃，」他一邊含著自己的手一邊含糊地說，兔子猜他大概是扎到了一根木刺，她自己也扎到了幾次，那確實非常不舒服。

大廳傳來椅子拖動的聲音，接著是急促的腳步聲，門鎖被打開，兔子臨危不亂，迅速將一條破爛馬披毯扔到角落，遮住那束銀色的日光。就在這時，白鼬和黃鼠狼頭領已經站在門口。白鼬掃視了一圈，發出惡意的笑聲說：「在重新裝修，是吧？」他走進房間四處撥弄。「你覺得怎麼樣，黃鼠狼？殿下會不會想要一張帶鱷魚腿的長椅？噢，或者一個溫室？再加一架鋼琴，我們就可以開音樂會，讓這位小姐彈豎琴！」

但黃鼠狼頭領皺著眉搖了搖頭，不悅地說：「阿鼬，逗弄他們可不算有風度，對吧？他們是無助的囚犯，你不該讓他們的情況雪上加霜。」說完，他轉向兔子，帶著幾分歉意說：「別理他，小姐，他本來就是這麼沒品。」白鼬聳了聳肩，「沒品，是吧？」他悻悻地說：

「我只是在開個玩笑罷了。好吧，那隨便你們。但是……」他突然轉身，惡狠狠地盯著他們說：「別以為這樣就能逃出去！這些牆可結實得很！」他敲了敲後牆，發出沉悶的聲響，正好證明了他的說法。

「確實，很抱歉打擾到你們！」兔子輕聲說，白鼬咄咄逼人的態度讓她有些喘不過氣來。而蛤蟆則一聲不吭，因為他已經發出一聲輕微的「啪嗒」聲倒在地上，徹底昏了過去。馬具室的門在他們身後「砰」的一聲被關上，接著傳來上鎖的聲音。「還有，安靜點！」白鼬隔著門喊。

在那之後，兔子和蛤蟆更加小心翼翼。兔子先喚醒蛤蟆，從她的小手袋裡取出一瓶安息香，在蛤蟆鼻子前揮動幾下，拍著他的手，讓他恢復了神智。隨後，他們終於將角落裡的雜物一一清理乾淨。雨聲穩定而輕柔，像是在為他們的努力提供掩護，也像是為漫長的夜晚拉開序幕。

靠近地板的牆板已經腐爛，留下了一個小縫隙：對老鼠來說剛好，但對兔子和蛤蟆來說顯然還太小。不過當兔子用手輕輕撥弄時，腐爛的木板如海綿般鬆散地掉落。她一點一點地剔掉那些爛木頭，並用剛剛的切皮帶刀繼續擴大洞口，直到刀刃鈍了，無法再削下結實的木板。兔子趴在地板上，小心翼翼地將頭探出洞口，避開參差不齊的邊緣。雨水從屋簷滴落，打在她的耳朵上。她抬頭看向外面，穀倉旁的小草地上，除了稀疏的草和幾塊牛糞外，什麼都沒有（連那隻知更鳥都不見蹤影）。但就在草地的另一頭，她看到了希望——那是一片山毛櫸林，灰色的樹幹矗立在雨霧中，銀綠色的樹葉微微搖曳，林間還有無數茂密的灌木叢。如果他們能夠悄悄穿過這片草地進入樹林，他們就能隱匿其中。而那綿延不絕的雨聲和沙沙作響的樹葉聲，也許能為他們提供足夠的掩護，幫他們爭取時間，成功脫離危險，逃往綠丘。

兔子低頭看著那個洞，雖然很小，但她覺得自己或許可以勉強鑽出去，只要不介意刮掉上衣的扣子或者讓裙子變得更髒——想到這條曾是她最漂亮的外出裙，現在變成這副模樣，她不禁有些心痛。不過，她已經失去了一顆鈕扣，只要能逃出去，做點犧牲也在所不惜。

「也許等天黑以後，」兔子滿意地低聲對蛤蟆說，跪回洞口旁，拍掉裙子上的木屑和稻草。蛤蟆的任務是看守馬具室的門，以確保白鼬和黃鼠狼頭領不會突然闖進來，發現兔子正要逃跑。這個任務對他來說並不算太難，因為那兩個傢伙似乎已經靠著穀倉外門睡著了。兔子繼續說：「狐狸說他們今晚都會回來，到時候一定很吵，而且他們肯定又會喝那種可怕的東西……」

「雖然是粗製的飲品，卻有一種放浪不羈的魅力，」蛤蟆公正地評論，並往前探看她剛才撥弄的角落。「但我們必須小心，先弄清楚他們是否在穀倉外設置了守衛。下這樣的雨，今晚一定一片漆黑，我們應該可以避開他們，然後……」蛤蟆打斷她，指著那個洞。「兔子，這就是你說的洞嗎？」兔子開心地點了點頭。

「這個……裂縫？這個小洞？」兔子再次點頭，少了幾分開心。

「兔子，」蛤蟆哀怨地說，「我怎麼可能穿過那條縫隙？」她低頭看著洞口，又抬眼看了看蛤蟆「嗯……確實會有點緊。」她勉強承認。

「這根本不可能！」蛤蟆悲傷地低聲說，垂下頭看著自己那件已經破爛不堪的華麗背心。以蛤蟆來說，他的身材相當不錯，甚至堪稱非凡：稍顯壯實，這是真的；有點圓潤，毫無疑問；如果挑剔的話，甚至可以稱得上接近圓球狀。一副令人欽佩的身姿，一副高貴的身姿，但，唉！這樣的身材根本不可能擠過牆上的那個小洞。苗條而充滿青春魅力的兔子也許能勉強擠過去，並奔向自由，但一隻正處於豐盈壯年階段的蛤蟆則完全不可能。

兔子立刻明白了他的意思，沮喪地坐在馬具箱上。「真是太可惜了。看來我們得想其他辦法。」但是，蛤蟆！接下來他可能會有任何反應：對於命運的不公發出憤怒的咆哮，譴責它為什麼不在關鍵時刻提供更大的洞；懊悔自己幾個月前沒有遵從倫敦名醫制定的嚴格飲食和運動計畫；放聲痛哭、高聲哀嘆；或者陷入無聲的絕望；甚至是這些情緒的混合體——畢竟，蛤蟆在完全相反的情緒之間快速切換的能力，猶如風中飄搖的落葉。然而，這些並沒有發生！至少這一次，蛤蟆在內心深處找到了更高尚的自己。他低頭看著那個洞，然後以平靜而莊重的語氣說：「兔子，你必須逃走。」

兔子目瞪口呆地看著他。她很隨和，對於其他動物的意見，她都接受，不會反駁。但是這種無私、高尚的情操，對蛤蟆來說實在太罕見了。「你的意思是說，要我逃走，留下你？」蛤蟆沉重地說：「是的，」神情如同被流放到厄爾巴島的拿破崙。「你走吧，別管我。我會留下，直到這些惡棍拿到贖金。如果我最終沒有被贖回，那麼，我希望自己能夠展現紳士應有的風度，面對逆境。」

兔子握住他的手。「蛤蟆，你還好嗎？你聽起來完全不像你自己。」他輕輕抽回他的手，帶著一種滿懷自我犧牲的姿態說：「還有，親愛的兔子——我最、最親愛的兔子——如果他們因為你的逃脫而懲罰我，我也會帶著微笑承受，因為至少我知道你是自由的。」

蛤蟆將目光投向遠方某處，擺出他自認最迷人的左側臉。這讓兔子不禁有些擔心，她輕輕拍了拍他的手，乾脆地說：「好吧，蛤蟆，我不會丟下你的，所以別再說這些話了。我們一定會找到其他的辦法。」蛤蟆轉過頭，滿臉驚訝地看著她，「你不……走？」兔子重新坐下，環顧四周說：「那麼……如果後牆出不去，我們或許可以試試從天花板出去，怎麼樣？」但蛤蟆只是重複：「不……走？」

「我們能不能用那些韁繩和皮帶做成繩梯？要是我沒把切皮帶刀弄鈍就好了！如果我們……」蛤蟆再次打斷，「你不走？」用一種完全不同的聲音問。「拒絕我的犧牲？你當然得走！」

隨後的爭吵聲音壓得很低，語氣更是遠談不上高尚。蛤蟆已牢牢占據了道德制高點，無論如何都不願輕易讓步。然而，他不得不承認，他與兔子爭論她為什麼不自己逃走的時間越長，他就越不希望面對她真的離開後可能會發生的事情。而且現在回想起來（他承認自己上學時並不總是認真聽講），拿破崙不就是死在厄爾巴島嗎？雖然對細節有些模糊，但無論拿破崙在哪裡咽下最後一口氣的，蛤蟆可以確信的是，絕對不是在一個快樂的晚年，身邊圍繞著崇拜的朋友和追隨者中安詳離世的。

最後，他默默地如釋重負（希望隱藏得很好），選擇了妥協。他們達成了協議：暫時共同面對眼前的困境，但如果萬不得已，兔子就會偷偷溜去綠丘尋求幫助——儘管她並不確定自己的弟妹們，還有那些鄰居刺蝟、野兔之類的，是否能對付得了這些窮凶極惡的罪犯。她多麼希望能有貝蘿的援助——更不用說英勇的老獾、聰明的河鼠以及堅定的鼴鼠了——但她很清楚，即使現在立刻動身，她都不可能在短時間內來回一趟河岸。

夜幕降臨，黃鼠狼、白鼬（還有穀倉老鼠）三五成群地回到穀倉。他們壓低笑聲和歡呼聲，向守著囚犯的白鼬和黃鼠狼頭領打招呼，看起來整天都在深色方瓶裡的飲品陪伴下好好放鬆了一番。他們拍著彼此的背，喊著「哈囉，夥伴們！」然後開始在穀倉大廳的地板上拉動凳子、搬動乾草捆，發出陣陣喧鬧聲，直到所有動物都找到自己滿意的位置為止。兔子趁著這一片喧囂，悄悄撬開了馬具室與大廳之間的一塊木板，直到縫隙夠大，讓她可以將眼睛貼在上面偷偷窺探。

這群歹徒聚成了一個不太規則的圓圈，鬆散得讓大家都有個東西可以當靠背，但又緊湊到方便他們傳遞酒瓶。這次是一個深綠色的橢圓形瓶子。他們聊得此起彼落，用低俗的方式喧鬧，所有動物幾乎同時說話，讓兔子難以分辨誰在說什麼。但氣氛顯然十分熱鬧，許多動物似乎正在計畫如何花掉他們即將分到的贖金。

這些願望雖然各不相同，但有個共同點——沒有一隻動物真正了解超過十英鎊的金額究竟能買到什麼。有些動物計畫開一家酒館（一隻黃鼠狼說：「店名就叫做『蛤蟆的絕望』」，引來一陣粗俗的笑聲）。另一些動物則想移民美國。一隻白鼬興高采烈地說要開一間零食小店的夢想，另一隻黃鼠狼則憧憬著參加埃普索姆馬場的賽馬週。穀倉老鼠正在滔滔不絕地談論把他的女兒送入上流社會的種種好處，根據他的說法：她可是個漂亮優雅的小姑娘，跟她母親一模一樣。而且她很講究，連吃雞肉都用刀叉，就像個真正的淑女。有些動物夢想買一枚嵌有凸面圓紅寶石的金戒指；有些則渴望擁有一條鉑金懷錶鏈，還要搭配一只高級懷錶；還有人談論著訂製服裝、去海邊度假，甚至買輛汽車——這點還引發了兩隻黃鼠狼的爭執，因為他們為高利布達許和科文垂格登這兩款車的優劣吵得不可開交。

「汽車！」蛤蟆對兔子說（因為他也在偷聽）：「這些無恥的惡棍居然想用我的錢去買汽車！我要讓他們見識一下什麼才是真正的汽車！」如果不是兔子完全不理會他，他可能會繼續抱怨下去。

突然間，穀倉的大門滑開，伴隨著一片歡呼聲：「老大來了！」

「嘿，頭領！」「為老大歡呼三聲！」「哈哈，萬歲！」「安靜，都給我安靜！」狐狸一邊進門，一邊厲聲喊，隨後關上了門。「我在一公里外都能聽到你們的聲音，夥伴們。我們還沒發財，也還不安全，差得遠呢。」

一陣尷尬的腳步聲響起。「抱歉，老大，」每個歹徒都輪流低聲道歉。「那現在的計畫是什麼，老大？」一隻白鼬問。「信已經寄出去了，」狐狸回答。「五萬英鎊換蛤蟆。」圍成圈的動物發出了敬畏的低語。「他們別無選擇，因為我沒給他們任何聯繫方式，只留了交易地點：綠丘上聖吉爾斯教堂後面的一棵樹。」

黃鼠狼頭領問：「那年輕小姐呢？」狐狸聳了聳肩。「她也一樣。我把她的價碼定為一百英鎊。」兔子聽到之後，將耳朵往後壓了下去。無論在什麼情況下，沒有哪個動物會樂意聽到自己被廉價看待。

「我是說，交易之後呢？」黃鼠狼頭領問。「當然會釋放她。」

狐狸回答，語氣中對「她」的刻意強調讓兔子皺起了眉頭思索，而蛤蟆則急切地拉著她的袖子說：「『她』，這是什麼意思？『她』？」

穀倉老鼠插嘴問：「那他們什麼時候帶會贖金來，老大？」狐狸皺著眉頭思索，「什麼時候？我說了……嗯，我說了……」停頓了一下。兔子身後的蛤蟆還在不停嘟囔：「『她』？為什麼不是『他們』？他們是不是本來想說『他們』，卻說成了『她』？為什麼不乾脆說『他們』？」

「你知道嗎？」狐狸終於開口說，「嗯，我沒給他們具體的時間。我忘了。」現場一片錯愕，隨即爆發出一陣嘈雜的騷動。「聽好了，」狐狸大聲說：「我只是忘了！誰能面面俱到呢？反正這沒什麼大不了的，」隨著騷動逐漸平息，他平靜地補充。「我們明天去綠丘那裡守著，等他們來就行了。」

「那囚犯呢？」一隻黃鼠狼問。「他們就留在這裡，」狐狸宣布。「我們要詐騙取蛤蟆朋友的錢時，總不能讓他們近在咫尺，好讓他們被救走，對吧，兄弟們？」隨後傳來一陣大笑。「我想，隔天就能聽到蘇格蘭場的消息。所以我們拿了贖金，然後放了兔子，把蛤蟆交給當局。他們會把他送回監獄，而我們就能得到赦免了，兄弟們！」

兔子倒吸了一口氣。蛤蟆踉蹌退後，嘴唇僵硬地重複著：「『要詐、蘇格蘭場、交給當局、回監獄』！完了，一切都完了……毀了！毀了！」隨後，他發出一聲顫抖的尖叫，聲音中夾雜著恐懼與絕望，淒厲到讓外面的匪徒全都安靜下來，驚恐地瞪著馬具室的門。

「那是什麼聲音？」狐狸驚呼。他在執行任務時，雖然聽慣了令人毛骨悚然的喊叫聲，但這種聲音實在非同尋常。黃鼠狼頭領卻毫不在意地說：「噢，那肯定是蛤蟆。他整天都這樣，時不時就開始哭天喊地，兔子就有教養多了，真是一位真正的淑女。」

一起看守囚犯的白鼬補充說：「要是不理他，他就會哭得特別大聲，但久了就習慣了。他也不是一直喊，有時候會安靜下來。」狐狸打了個哆嗦。「越早擺脫他越好。」

這群惡棍繼續討論計畫——誰留在穀倉裡看守囚犯、誰去教堂墓地、如何與蘇格蘭場談判，以及如何在不被察覺蛤蟆缺席的情況下，從他的朋友手中拿到贖金。然而，兔子已無法集中注意，因為她正忙著應付蛤蟆。他死死抓住她的腳踝，雙眼幾乎要從眼眶裡瞪出來，聲嘶力竭地尖叫：「完了！」

馬具室後牆處傳來一陣聲響，像是樹枝敲打牆壁，緊接著，一個聲音傳了進來。

那是鼴鼠的聲音。

Chapter 11

絕處逢生！

馬具室的門猛然被推開。

剎那間，場景彷彿一幅掛在中世紀城堡大廳裡的壁毯——

雙方勢力劍拔弩張對峙著。

鼴鼠和貝蘿的旅程進展順利。他們小時候就經常一起在綠丘閒逛：無論天氣好壞，他們都會進行漫長而愜意的跋涉，唯一的目標就是享受腳下那延綿起伏的丘陵。如果情況沒有如此緊急，這次的鄉間旅程一定能讓他們重拾那份平靜的喜悅：一切植物都正值成熟或即將成熟之際，空氣中瀰漫著濃郁的果實與穀物香氣，還有盛夏末玫瑰散發出的沉穩芬芳（與春季玫瑰截然不同），以及四處飄的花粉帶來的一絲甜蜜氣息，並為空氣染上金色光澤，整個世界彷彿披上了金箔。

他們的旅途非常和諧，只有偶爾的一些小爭執——即使彼此平時關係融洽，而且此刻正一起肩負重大任務，這似乎是兄弟姊妹間無法避免的情況。比如，對該選擇哪條岔路產生小分歧，或是對清晨啟程時間有些許抱怨。儘管如此，「鼴鼠，你真是的！」和「別老是指揮我，貝蘿！」這樣的對話次數也屈指可數。

第一天傍晚，就發生了一件類似的事情。當時，貝蘿停下腳步，和站在小路上閒聊的兩隻松鼠搭話。鼴鼠站在稍遠處，耐不住性子地等著，不停換著腳站，嘴裡忍不住叨念：「快點啊！」不過當貝蘿終於回到他身邊時，等待顯然是值得的，因為她帶回了重要消息：幾公里外的一間廢棄穀倉裡，聚集了一群白鼬、黃鼠狼之類的傢伙，似乎在搞什麼陰謀，而那地方離綠丘上的聖吉爾斯教堂不遠。

「那裡，」貝蘿總結，「一定就是蛤蟆和兔子被囚禁的地方。」

「你確定嗎？」鼴鼠問。貝蘿用一種奇怪的眼神看著他。「這很合乎邏輯，不是嗎？我們知道他們被綁架了，而綁匪肯定會把他們關在離所謂的『交易地點』不遠的地方，但也不會太近。如果在這麼小的範圍內還有另一幫無賴在搞鬼，那未免也太巧了。無論如何，如果我在自己的小說裡編這種情節，我的編輯絕對不會讓我蒙混過關。」

「但生活又不像小說！」鼴鼠抗議。「生活和小說的相似之處，比大家願意承認的還要多，」貝蘿帶著一絲遺憾說，「只是沒那麼有趣罷了。」鼴鼠不開心地說：「好吧，我覺得你說得沒錯。但這實在太難接受了，竟然會有整整一幫綁匪，而不只是零星幾隻動物。我們該怎麼辦？」

「蒐集更多的消息，」貝蘿回答，她可沒有白寫《桑古堡的鐵兔》。「我們先去那個穀倉看看情況。如果可能的話，我們就解救蛤蟆和兔子；如果不行，我們就盯著他們，直到他們被移到教堂，等河鼠和老獾帶著贖金趕到。讓這些罪犯得到蛤蟆那麼大筆的財富雖然很糟糕，但總比另一種結果好。」鼴鼠熱切地說：「噢，我完全同意，那我們出發吧！」

於是他們出發了。不過第二天開始下起雨來，而且似乎永遠不會停下來，他們也有些不耐煩了。全身濕透的他們艱難地前行，沿著狹窄的小路和低窪的鄉間小徑跋涉，聽到有人接近時就趕緊躲起來。時不時地，他們都覺得這完全是徒勞無功，成功的希望渺茫。與其這樣折騰，還不如直接前往最近的村莊，把整件事交給當地警局處理，讓蛤蟆自己在法庭上面對後果算了（幸好他們並沒有同時這麼想，否則蛤蟆和兔子的命運恐怕就危險了）。

此外，那對愛八卦的松鼠提供的消息也不夠精確，讓貝蘿和鼴鼠很難找到穀倉，這又耽誤了不少時間。為了獲得更準確的方向，鼴鼠還不得不與一隻看起來有些可疑的蜥蜴攀談，試圖在不暴露意圖的情況下套出有用的資訊。

最終，他們還是找到了那座穀倉。他們穿過山毛櫸林，悄悄靠近，藏身在草地下方的一叢山茱萸灌木中，觀察著夜幕降臨時那些匪徒陸續進入穀倉：一些黃鼠狼，一些白鼬，一隻穀倉老鼠，最後（鼴鼠輕輕拍了拍貝蘿的手臂，他們交換了一個擔憂的眼神），出現了一隻狐狸。這隻狐狸顯然是首領，但他們對狐狸的領導地位並不感到意外。狐狸安排了一個守衛在穀倉門口，是一隻黃鼠狼。他立刻坐下，掏出幾顆骯髒的骰子，在兩手之間拋來拋去。隨後，穀倉的門被緊緊關上。

貝蘿和鼴鼠悄悄靠近穀倉的牆邊，聽見裡面傳來粗獷而低沉的聲音（雖然他們聽不清楚在說什麼），還夾雜著不少粗鄙的笑聲。他們似乎在開會。鼴鼠湊到貝蘿耳邊輕聲問：「但我們要怎麼確定蛤蟆和兔子就在這裡呢？他們可能被關在任何地方！」

幸運的是，他們聽到了一個既不是白鼬，也不是黃鼠狼的聲音，而是一個淒慘的聲音，像是某個深受詛咒的靈魂在哀嚎，彷彿他正被特別暴躁的惡魔煮沸著。沒錯，那正是蛤蟆。於是這對姊弟迅速繞到穀倉的另一側，找到了正確的那面牆。

「蛤蟆？」鼴鼠湊近牆上的裂縫，小聲呼喚。「蛤蟆？」片刻停頓後，一個聲音從牆上的縫隙中傳來：「鼴鼠？」那是兔子的聲音。

「兔子！」鼴鼠脫口而出，表達了驚喜。他對貝蘿咧嘴笑了笑。貝蘿也湊上前說：「我也來了，兔子！我們來救你們了！」

「噢，我真希望你們能救我們出去！」兔子壓低聲音回應。「你們不知道這裡有多無聊，不是說蛤蟆不好相處……」此話一出，氣氛瞬間變得尷尬，因為誰都不可能會相信她這句話（蛤蟆還不時喊著「完了」！完全沒注意到馬具室後面正在發生的事）。就連是樂觀開朗的兔子，也因為這明顯的謊言而帶著幾分愧疚。「我們受困好幾天了，我一直想挖個夠大的洞逃出去，但就是不成功。」鼴鼠問：「你說挖洞嗎？」

這兩天對蛤蟆來說簡直是煎熬。他睡在一條散發著馬味和霉味的毯子上，吃的是一片令人沮喪的棕色乾麵包，沒有烤牛肉、起司、芥末醬、酸黃瓜，或任何能稍微改善口感的佐料。他喝的是從桶子裡舀出的水，既沒有冰塊，也沒有一點能讓水更好下咽的東西。他沒有牙刷、沒有衣櫃、沒有家僕，也沒有熱水澡。在這幾近絕望的情況下，他的表現已經相當不錯；因此，現在當他完全陷入絕望時——他自認為是真正的絕望，絕不是那種時好時壞的膚淺模仿——他覺得自己應該有資格放聲大哭一場。

他完全沉浸在自己的哀嚎中，沒有聽到任何低聲交談。因此，當飼料箱後面黑暗的角落裡突然冒出貝蘿，彷彿是默劇中的魔法戲法時，他的震驚可想而知。「啊，貝蘿！」他大聲喊。貝蘿一步跨到他面前，迅速捂住他的嘴，但主廳裡隨即傳來一片不祥的寂靜。

「噓！」貝蘿在他耳邊低聲說。「別讓他們聽到！」

這是蛤蟆人生中少有的幾次，在緊急情況下展現出鎮定和機智，而且他做得如此出色，以至於後來，每當他在入睡前回想起這一幕，都會為此得意不已。幾乎沒有片刻遲疑，他便高聲喊：「危險！噢，危險！完了！」他的聲音逐漸低下去，隨即他又嚇到了一次：鼴鼠竟然也像貝蘿一樣突然現身，氣喘吁吁，衣服上的幾顆扣子也不見了（畢竟他比貝蘿更豐腴一些）。但這一切已經無關緊要，因為危機已經化解——那些白鼬和黃鼠狼重新回到了他們的討論中。

兔子迅速向他們簡單說明了目前的情況。「那我們該怎麼辦呢？」她最後問。「他們有九個——而且其中一個是狐狸，你們也知道狐狸有多難對付——而我們只有四個。我們不可能像你們那樣簡單地溜出去。更準確地說，我或許可以，但對蛤蟆來說完全不可能，唉。」

他們都看向蛤蟆，他則挺直了身體，顯得既可憐又羞愧。「我知道、我知道！我們無法逃走都要怪我。我試過減肥計畫、運動方案、鹽水療法和電療，甚至試過催眠術，可是全都沒用，一點用都沒有。」他強忍住即將湧出的哭聲。貝蘿若有所思地說：「兔子，你說明天會有幾個匪徒前往聖吉爾斯，是嗎？」兔子點了點頭。「那我們只要等到他們走之後，再把你們救出去就行。」

「但是要怎麼做呢？」鼴鼠低聲問。「還是會有四到五隻動物留守，而我們只有兩個，還得先把這間房間的門打開。」「也許我們可以從裡面進行？」貝蘿提議。「明天等一些動物走了之後，我們可以悄悄溜回這個房間，然後設法讓他們打開門，並突襲他們！」鼴鼠皺起眉頭。「不行。我們留了信給老獾和河鼠。他們會帶贖金去教堂墓地。如果我們在這裡等，就沒辦法阻止他們交出贖金了。」

一直絕望地盯著雙手的蛤蟆猛然抬起頭，臉上帶著恐懼的表情，只擠出一個字：「不！」貝蘿嚴厲地說：「我們可能不得不接受這種不幸的結果，蛤蟆，我們根本無法和他們所有匪徒對抗，事情就是這樣。」

「還有更糟的呢，貝蘿！」兔子說。「他們無論如何都不打算釋放蛤蟆！拿到贖金後，他們打算把他交給蘇格蘭場，以換取他們整幫歹徒的赦免。」蛤蟆又忍不住哽咽起來。

「真是厚顏無恥！」貝蘿憤憤地說。「拿了可憐蛤蟆的錢，然後還要把他送進監獄？真是無法無天！」大家沉默了一會兒，只剩下蛤蟆的啜泣聲，他們都為這些歹徒的卑劣行徑感到氣憤。

「可是我們什麼武器都沒有，」兔子悲傷地說。「我找了又找，但這裡根本沒什麼可以用的，除非我們打算朝他們扔馬蹄鐵。他們甚至把我的小折刀也拿走了。」貝蘿說：「我的可以給妳用，」身為女作家，她出門絕對會帶一把小折刀。「不過我覺得，用馬蹄鐵當武器倒是個了不起的主意，洛蒂。」鼴鼠有點得意地說：「我們也不是完全赤手空拳。我帶了一些東西。」他從背心裡掏出一把從河鼠家裡拿來的手槍，又用手拍了拍一直插在他腰帶裡的佩劍。原來，鼴鼠通過牆上的洞時之所以有困難，不完全是因為他的身材有點豐腴。

接著，貝蘿從裙子隱藏的口袋裡取出一把小巧但非常實用的手槍，槍柄是珍珠製成的，槍管則是銀色的——還有用皮革包裹的一根小短棍，看起來雖小，卻有一種無比高效且冷酷的感覺。「貝蘿！你這個流氓！」鼴鼠驚叫，忘了壓低聲音。「噓！」貝蘿、兔子和蛤蟆同時低聲提醒他。

他們安靜了一會兒（甚至連蛤蟆都因為自己可能獲救而忍不住開始對計畫感興趣），仔細聽了聽外面的聲音，情況似乎沒問題：他們還能聽到一隻黃鼠狼和狐狸在說話，偶爾有人插嘴附和：「對！對！」

「貝蘿！」鼴鼠這次壓低了聲音說。「你居然有一把手槍？還有一根警棍？」貝蘿微微紅了臉，但只是平靜地回答：「總是要實際一點嘛，鼴鼠！那麼這就是我們的計畫了：我和鼴鼠會先離開，去山毛櫸林找一些可以當作棍棒的樹枝，明天等一部分歹徒去了聖吉爾斯之後，我們就帶著武器回來，從這個洞悄悄溜進這裡，然後由蛤蟆或兔子引誘剩下的歹徒打開這扇門，接著我們大家一起行動，制伏他們！」

「然後狠狠地打、狠狠地打、狠狠地打……」蛤蟆低聲喃喃，臉上露出一種愉悅的茫然笑容，彷彿陷入了一場美好的幻境。

鼴鼠突然停下了動作。他原本準備將佩劍遞給蛤蟆，但突然想到，此時這麼做可能會激發蛤蟆那種嘈雜、戲劇化的反應，把整團歹徒引過來，徹底毀掉所有計畫。於是他只說了：「如果明天他們不開門，我們的處境也不會比現在更糟。貝蘿和我可以再悄悄溜出去，想別的辦法。」

「溜出去，不帶上我？把我留在這裡？」蛤蟆從他那詩興盎然的境界中回過神來，憤憤地說。鼴鼠說：「蛤蟆，就只是一會兒！我們只是偷偷出去，再從穀倉大門回來，救你們出去！」

「不，不，」蛤蟆說。「沒這個必要。你們自己逃吧。我知道這是唯一明智的選擇，確實如此。我只是……鼴鼠，我得面對蘇格蘭場！監獄！」他的聲音開始變得越來越大。「只要把佩劍留給我。他們別想活捉我！」

「蛤蟆，閉嘴！」鼴鼠、貝蘿和兔子齊聲低聲呵斥。但已經來不及了。馬具室的門猛然被推開。剎那間，場景彷彿一幅掛在中世紀城堡大廳裡的壁毯——雙方勢力劍拔弩張對峙著：一邊是英雄們——鼴鼠握著手槍和短劍；貝蘿，一手舉著閃亮的手槍，一手緊握致命的小警棍（若要形容，與其說是壁毯，倒更像是週六雜誌連載冒險故事中的鋼筆插圖）；蛤蟆，雙手不自覺地握成拳頭；兔子站在他們身後，既英勇又不失女性的柔美。與他們相對的另一邊，則是在昏暗燈籠光線下，顯得更加可怕的高大影子：狐狸、穀倉老鼠，以及成群的白鼬與黃鼠狼。

這正是檢驗實力的時刻。鼴鼠（還有，雖然很容易忽略，但我們不能忘記——蛤蟆）可是經驗豐富的戰鬥老手。他們不是才在去年冬天，把整支由白鼬和黃鼠狼組成的軍隊從蛤蟆莊園趕了出去嗎？當時只有四位英雄——鼴鼠、蛤蟆、河鼠和老獾——雖然他們裝備齊全，且敵人毫無防備，但一隻憤怒的鼴鼠無論在什麼情況下，都是一股不可忽視的力量。至於陷入困境中的蛤蟆，那種出其不意的反應，更是足以讓任何久經沙場的敵人心生恐懼。

英雄們毫不遲疑。鼴鼠立刻將佩劍拋給蛤蟆，然後高喊著震撼人心的戰吼：「鼴鼠來了！鼴鼠來了！」奮勇向前衝去。貝蘿悄聲緊跟著他，手槍穩穩地舉在手中。蛤蟆稍微因為佩劍而手忙腳亂了一下，但很快就擺脫了窘境，拔出劍來，緊隨其後，吼著：「蛤蟆來了！蛤蟆來了！」雖然這喊聲缺乏新意，但至少足夠響亮，威懾力十足。而兔子則在最後方，雙手抓滿馬蹄鐵。

河岸的英雄們差點陷入困境，幸好鼴鼠開的第一槍就僥倖擊斷了一條繩索，讓一只飼料桶砸到狐狸的頭上，使他暫時失去戰鬥能力。貝蘿也緊接著開了一槍，一隻白鼬往後跌，驚慌失措地大叫：「我中彈了！我中彈了！」然後狼狽逃跑——但這明顯不是真的，因為她的射擊點高出他好幾公分。貝蘿以射擊準確聞名，這是她在為《活體解剖師，博恩先生》做研究時所學會的技能。敵方陣營後退了幾步，而當鼴鼠和貝蘿再次開槍時，他們退得更遠了。英雄們乘勢向前衝鋒。

唉！可惜正義的一方總是難以輕易取勝。對抗邪惡的艱苦奮鬥總是漫長的。這場戰鬥異常激烈：英雄們奮力向穀倉的大門推進，而匪徒們則拚命將他們壓制回去。一盞昏暗的燈籠光芒將瘋狂飛舞的陰影投射在牆壁上，白鼬和黃鼠狼則在寡不敵眾的河岸戰士周圍靈活地閃避穿梭。貝蘿和鼴鼠不停開槍，直到彈藥耗盡。他們不願傷害任何動物的善良品性雖然值得稱讚，但在實際戰鬥中卻成了劣勢。很快，他們不得不改用更原始的武器：貝蘿揮舞著她的小警棍，而鼴鼠則使用牆邊找到一支破舊板球拍反擊。

敵方起初不願與女士們正面交鋒，試圖將她們推開以便專心對付蛤蟆和鼴鼠，甚至乾脆繞過她們。然而，貝蘿使用警棍的高效技巧，讓對方既痛苦，又不得不由衷佩服。而兔子（曾是她所在教區的女子投環比賽冠軍，隨時都能穩穩命中目標）用馬蹄鐵接連擊中敵方，讓他們雙手捂著耳朵、額頭或鼻子，鮮血直流地踉蹌退出戰鬥。事實上，女士們的攻勢如此猛烈，以至於他們最終都克服了不願對女性動手的心理，戰鬥變得更加激烈起來。

該如何記錄如此激烈、如此絕望的戰鬥呢！這一切無法完全展現；筆觸無法捕捉，蒼白的文字彷彿在空氣中無力飄蕩。一隻卑劣的白鼬從側面衝出，一隻手握著刀揮過來，然後又迅速後退，讓蛤蟆來不及給予這種卑劣攻擊應得的回擊。一隻卑鄙的黃鼠狼撲向兔子，試圖抓住她的手臂，她抽身躲開，手中的馬蹄鐵胡亂揮舞，正中目標——他倒下了！狡猾的穀倉老鼠伸出一條長腿試圖絆倒鼴鼠——他踉蹌了一下，差點跌倒，但猛然站穩，隨即奮力揮擊還以顏色。又一隻白鼬

（這樣的敵人實在太多了）揮著劍朝貝蘿砍來——她靈巧地一轉身，迅速逼近對方，警棍猛然敲下，白鼬應聲倒地！

不過，這場戰鬥畢竟還是寡不敵眾。雖然英雄們設法抵達穀倉的大門並成功逃出，但那群歹徒還是緊追不捨。此時，狐狸已恢復意識，大喊：「夥伴們，抓住他們！」從他凶狠的口氣聽起來，如果真的被抓住，後果不堪設想。他們穿過草地，直奔黑暗的山毛櫸林：貝蘿跑在最前面，鼴鼠和兔子緊隨其後，而氣喘吁吁的蛤蟆則努力跟在最後。但這還是不夠，那些惡棍的數量太多，追得也太近了。

蛤蟆被石頭絆倒，重重摔在地上，佩劍也掉了。「蛤仔！」鼴鼠喊，立刻跑回去將他拉起來，然後一起跑進山毛櫸林，追上同伴。

「喘……不過氣了……」蛤蟆喘息著說，但鼴鼠用力拉著他繼續向前。他們撞上了突然停下來的貝蘿，兔子也差點失去平衡將大家撞翻。

「前面有東西！」貝蘿喊，這時大家也都聽到了：樹林深處傳來劈啪作響和沙沙聲，是動物快速接近的聲音。他們迅速背靠背站好，準備迎戰。「完了！」蛤蟆尖叫。

Chapter 12

回到河岸

老獾看了看貝蘿，又看了看鼴鼠，

顯然注意到他們之間的默契。

他發現河鼠也注意到了這一點，

露出有點不開心的神色。

是河鼠和老獾！

如果說鼴鼠和貝蘿的腳程已經算快了，那麼河鼠和老獾簡直是用飛奔的。他們輕輕鬆鬆就追蹤到鼴鼠的行蹤。「多麼可愛的一對，來問教堂的路呢，」一位年邁的鼠婦露出和藹的微笑說：「我衷心祝福他們一切順利！」河鼠和老獾交換了一下眼神，隨即加快腳步。當他們聽到「可愛的一對」（這讓他們又多交換了幾次眼神）不知為何改變了方向，朝著一座廢棄的穀倉去了，而那地方最近成了匪徒的巢穴，他們甚至沒繼續追問理由，就匆匆趕了過去。他們沿著低窪的小路行進時，聽到了喊叫聲和武器相擊的聲音，接著更令他們驚訝的是，蛤蟆那清亮的聲音喊著：「接招吧！再來一招！」他們急忙衝進山毛櫸林，找到了朋友們。

就像兔子可能會形容的那樣，這一切實在是非常刺激。老獾揮舞著粗棍，把黃鼠狼甩向一邊，白鼬甩向另一邊。河鼠則先將手槍朝敵人頭頂上方開了一槍，隨後一隻手抄起棍棒，另一隻手倒握著手槍，向穀倉老鼠直奔而去，決心將其制服。戰鬥激烈無比，但最終，河鼠取得了勝利，穀倉老鼠癱軟地倒在他面前。

在黃鼠狼和白鼬的眼中，老獾有如一打體型如馬車般龐大的巨獸，河鼠則像是一群眼睛能噴出紅光的戰士，河岸隊伍的增援讓他們徹底喪失了鬥志，紛紛四散逃竄。而鼴鼠和貝蘿則似乎無處不在，將他們一個個打倒在地。他們抱住頭或捂著受傷的四肢，縮著身子求饒。至於狐狸呢？他就和其他狐狸一樣狡猾，看到情勢不妙，立刻試圖溜進山毛櫸林中。不幸的是（對他來說），老獾迅速發現並追上，並用力一擊將他打倒在地。

僅僅幾分鐘，貝蘿和河鼠就用貝蘿背包裡的繩子將所有罪犯捆了起來。河鼠就不用說了，他對與船有關的一切瞭若指掌，當然包括打結。至於貝蘿，身為女作家的她其實博學多才，為了創作《骨島的幽靈寶藏》而進行的研究中就包括繩結技藝。即使現在，她也能熟練地編出猴拳結或土耳其頭結（她的繩結風鈴繩在家中一直是受歡迎的節日禮物），捆綁罪犯對她來說簡直是小菜一碟。

「那麼，我們該怎麼處置這些惡棍呢？」河鼠倚著他的短劍，氣喘吁吁地問，顯然還沒有完全恢復。「狠狠打他們，狠狠打、狠狠打！」蛤蟆興奮地大喊。「不，我有個更好的主意，」貝蘿說。「他們原本打算把蛤蟆交給蘇格蘭場來換取赦免。為什麼不將計就計，反過來對付他們呢？」

鼴鼠歡呼：「太棒了，貝蘿，這真是太聰明了！我們就這麼做吧！」貝蘿臉上泛起了一絲紅暈。「噢，別這麼說，要是我沒說，你自己也會想到的。」

老獾看了看貝蘿，又看了看鼴鼠，顯然注意到他們之間的默契。他瞥向河鼠時，發現河鼠也注意到了這一點，露出有點不開心的神色。但河鼠並不想表現得小氣，正在努力接受這個難以接受的事實，因此他只是說：「貝蘿，像往常一樣，真是一個非常明智的想法。我們會從這個無賴那裡，」他用手推了推狐狸，「弄清楚他是打算如何聯繫當局，然後我們就將他們交出去，為蛤蟆爭取赦免。是的，」他語氣明顯輕快了起來，「這計畫非常可行。」

於是，他們將黃鼠狼、白鼬、穀倉老鼠和狐狸拖回穀倉，將他們堆放在主廳地板中央，以方便看管。老獾和貝蘿則前往最近的村莊，聯繫當地的執法部門處理這些罪犯。不久後，一輛封閉的馬車抵達，罪犯被毫不客氣地一一扔了進去。一名警察握了握老獾的手，並禮貌地向貝蘿點了點頭，隨後便載著罪犯離開。

躲在山毛櫸林裡的蛤蟆，等到警察一走，立刻衝出來大喊：「我被赦免了嗎？我被赦免了嗎？」接著便開始手舞足蹈地又跳又叫。「還沒有，」老獾說，但臉上帶著滿意的笑容。「這些只是當地警察，負責接管這些罪犯。不過我們猜對了，他們早就想抓住這些歹徒，對於要赦免他們可是有千百個不願意。我想，要為你爭取到赦免應該不會太困難，但你得有耐心一點。」

蛤蟆高興得跳了起來：「自由了！哈哈，又一次成功躲過一劫！連蘇格蘭場也奈何不了我，撞壞了一輛摩托車……完全赦免！蛤蟆永遠那麼偉大！嘿嘿！」

「你還沒有被赦免，」貝蘿無奈地提醒。「蛤蟆，在此之前，你必須安分守己。」

「我會是史上最有耐心的蛤蟆！你們等著瞧！」老獾與貝蘿對視一眼，彷彿在說：「我早就說過了！」但他只說了：「你說得對，蛤蟆，在事情解決之前，我會一直留在你身邊。」

「再好不過了！」蛤蟆欣然回應。「隨時歡迎你住在我家——我永遠歡迎你這個客人——無論多久都沒問題。嘿嘿，自由了！」很明顯，他又一次沉浸在自己的狂喜中，聽不進任何理智的話。不過大家都很清楚這就是蛤蟆的性格，因此也沒有太在意。

回程本來應該像一場凱旋的遊行：蛤蟆和兔子成功獲救，河岸夥伴們毫髮無傷，而且老獾也似乎有望為蛤蟆爭取到赦免，從而擺脫蘇格蘭場的追捕，而這一切甚至不用犧牲蛤蟆的五萬英鎊，也不用動用兔子的那一百英鎊。然而，整趟旅程卻帶有一絲苦澀的氛圍。

首先，雨又開始下了。雖然鼴鼠、貝蘿、河鼠和老獾都備好了適合長途跋涉的裝備，但蛤蟆和兔子卻只有他們身上那套破爛的進城服飾可以穿。雨不算大，也不冷，卻下個不停，很快每隻動物都被淋得全身濕透。他們帶的衣物全都不適合蛤蟆的體型，而他每次察覺有夥伴在看他，就會立刻開始劇烈顫抖，斷斷續續地說：「我……很好，別……擔心！我們蛤蟆……天生肺部虛弱……確實，我那親愛的父親……但我不想抱怨，我們並不總是會死於這種情況……即使是在這麼糟的情況下。一位醫生，一個熱水澡，一塊芥末膏，或許我能活下來。也許再來杯熱琴酒加檸檬，至少我會帶著赦免死去。」接著，他會爆發一陣猛烈的咳嗽，讓心腸柔軟的鼴鼠對其他同伴說：「聽到了嗎？我們得趕緊找個地方讓他躲雨！」甚至連河鼠都說：「這又是蛤蟆一貫的裝腔作勢，但如果他一路都要這樣嘮叨，這趟路可真是苦不堪言了。」

最後，情況達到了無法再忽視的地步：蛤蟆乾脆一頭倒下。不管他是否真的在裝，重要的是，無論真假，他們都無法一路把他扛回河岸，就算再有心也無能為力。然而，他們馬上遇到了第二個問題：即使能找到一家旅館——如果能找到的話；如果找不到，那就只能把希望寄於一個友善的農舍——支付住宿費已經是個難題，更別提還需要支付醫生費用、琴酒加檸檬，還有其他雜七雜八的開銷了。鼴鼠和貝蘿匆匆出發時，只帶了幾枚硬幣；蛤蟆更是一分錢都沒有，因為他早在城裡就把錢全扔了；即使兔子幾乎已經花光所有積蓄，她的錢仍比其他同伴都還要多，但對一隻習慣以最奢華方式旅行的蛤蟆來說，兔子的零用錢根本不足以滿足他的需求，更別說現在的蛤蟆還需要照護以及未知的額外花費。

「這沒什麼好擔心的呀！」鼴鼠開朗地說。「河仔和老獾不是帶著蛤蟆的贖金來了嗎？我們只需要用一點點就行。」蛤蟆突然坐起來，咳嗽聲瞬間消失。「贖金？」老獾和河鼠異口同聲地問。「就是那五萬英鎊啊，狐狸和他的同夥要求用來換取蛤蟆的贖金，」鼴鼠說。「我全都寫在留給你們的信裡了。你們……你們沒收到嗎？」他聲音有些遲疑，視線掃過他們的臉。「我們沒有收到，」老獾沉著臉說。河鼠補充：「你確實提到了有封信，但我們到處找遍了，就是沒找到。小鼴，你確定你真的把信裝進去了嗎？」鼴鼠回答：「當然確定，」隨手拍了拍口袋，就像弄丟小東西時，大家常做的那樣。

「哎呀！」過了幾分鐘，鼴鼠終於開口。這時他已經找到贖金信，也坦承了自己的疏忽。河鼠充分地表達了他對「腦袋沒縫上就會弄丟」這種情況的看法。鼴鼠則一臉羞愧與懊惱地道了歉。蛤蟆則是鬆了一口氣（畢竟，既然這筆錢根本無法動用）。老獾則說：「好了好了，河仔，別再唸他了。我們不知道贖金的事並不重要，畢竟我們也沒付嘛。」貝蘿也建議大家深吸一口氣，冷靜下來。總之，在一切平息之後，鼴鼠才開口問：「如果你們不是來付贖金的……」河鼠發出咬牙的聲音。

「那麼，你們為什麼會來呢？」鼴鼠滿臉疑惑，無辜的臉上滿是好奇：「我們非常感激你們及時趕到，但說實話，這的確很奇怪，不是嗎？」

自從救援行動結束後，老獾的表情一直陰沉不定，尤其是當他看到鼴鼠和貝蘿互相扶著翻過田間的柵欄，或者低聲交談時，臉色就更加難看。又或者，當他看到兔子扶住步履蹣跚的蛤蟆，並鼓勵他：「親愛的蛤蟆，再多走一點！我相信你可以的！」而蛤蟆有氣無力地回應：「為了你，兔子，我會努力的！」他的臉色更是難看到了極點。

他悶哼了一聲，眼神銳利地盯著前方的一堵寬闊石牆。

「啊，這個嘛，還是讓老獾來說吧。他最擅長解釋這種事！」河鼠說：「我們是來救你們的，」老獾說。「救我們？」貝蘿問。「沒有贖金信的情況下，你們根本不知道我們會有危險啊！」河鼠盯著貝蘿，結結巴巴地說：「嗯，這個嘛……也就是說……」

「坐下，」老獾嚴肅地說。「貝蘿，你和鼴鼠坐那裡。」他指著一堆從豆田裡清理出來的石頭，然後又指向石牆：「至於你，兔子，還有你，蛤蟆，你們坐到那邊，拜託，蛤蟆，不要像隻家貓一樣攤在泥地上，坐好。」大家按照指示坐下。河鼠站在一旁，活像是在薩拉曼卡戰役[11]中等待將令的副官。

老獾用一隻手揉了揉臉。「你們都知道，好吧，至少有些朋友知道：蛤蟆，鼴鼠，還有河鼠，我一向不贊成婚姻。在我看來，婚姻是所有舒適的終結，一種不自然的狀態，充滿了爭吵和不必要的爭執，以及令人厭煩的社交義務，比如緊勒的領口，以及硬是得更換襯衫之類的荒謬要求……」他說到這裡停了下來，陷入對婚姻種種暴行的沉思。他們耐心地等了片刻，然後貝蘿問：「老獾，你還好嗎？」

「我很好，」老獾沉重地回答。「但為什麼突然談起婚姻？這和我們的事情毫無關係吧，」貝蘿說。老獾搖了搖他那蓬亂的頭：「這件事無法簡單解決，也無法輕易接受。你們必須結婚。」

驚訝與困惑的聲音交錯響起：「我們必須……什麼？」「結婚？」「誰跟誰？」「老獾，你確定你沒事嗎？」「你們每一位都需要成婚，」老獾回答。「當然不是一起，我的意思是：蛤蟆，你必須娶兔子。而鼴鼠，你必須娶貝蘿。」

11 Salamanca：一八一二年在西班牙薩拉曼卡發生的戰役，英軍在惠靈頓公爵的指揮下擊敗拿破崙的法軍。

場面陷入了一片靜默。

老獾接著說：「貝蘿，兔子，你們各自與男性同行，卻沒有其他女性陪伴作為見證。我相信……」他用一種帶有警告意味的語氣強調，「鼴鼠和蛤蟆一定會以正直、尊嚴和得體的行為，為你們提供他們姓氏的庇護。」貝蘿突然笑了起來，老獾的表情則變得更加嚴厲。

「這可不是笑話，鼴鼠小姐。你太不經心了。你不知道……」

「噢，不是的！」貝蘿說。「我不是在嘲笑你，真的很抱歉。但你簡直像連載小說裡的父親一樣！現在的年代不一樣了，老獾。我只有在自己願意的情況下才會結婚，而我並不願意。」這時鼴鼠也忍不住笑了起來：「而且她無論如何也不能嫁給我，根本不可能。貝蘿是我的姊姊。」

「你的……姊姊！」除了兔子之外，大家都驚訝地倒吸了一口氣。兔子只是驚訝地看著他們，因為她從一開始就知道了，還以為這不是祕密。河鼠說：「難怪你對她避之唯恐不及！因為她是你姊姊，對吧？」鼴鼠和貝蘿點了點頭。他接著說：「當然了，現在一切都說得通了。」隨即哈哈大笑，甚至發出了哼鼻聲，還不時擦著眼淚。

蛤蟆這時陷入沉思。他是一隻浮躁又虛榮的蛤蟆，沉溺於各種愚蠢行為，但在內心深處，他是一隻正派的蛤蟆。他不得不承認老獾的話確實有道理。他已經和兔子獨處好幾天，身邊沒有任何伴隨的女性、侍女或陪伴者。如果此刻他能宣稱兔子是他妹妹，沒有動物會比他更高興；但事實並非如此，他也不能假裝。於是他站起身，確保自己不會跪在任何石頭或樹枝上，然後單膝跪在兔子面前。

「小姐，」蛤蟆對兔子說，「我是否有這個榮幸，讓你願意接受我的求婚？」他覺得自己表現得相當不錯，完美流露出既尊敬又熱烈的仰慕之情，但遺憾的是，兔子卻只是咯咯地笑了起來。蛤蟆並未理會她的輕笑，反而更加投入，帶著誇張的語氣繼續說：「我相信，你的親友一定會希望親自評估我是否有能力讓妻子過上符合她身分和品格的生活。我會非常樂意向他們完整說明我的情況……」

「她不能嫁給蛤蟆！」河鼠插嘴，短暫沉默了一下，他補充說：「他現在聲名狼藉，而且還是個罪犯！至少在獲得赦免之前，他不能結婚，否則會讓他的……呃，新娘也身敗名裂。」說出「新娘」這個詞對他來說頗為困難，但他還是說了出來。蛤蟆聽到這番話，神情反而明顯輕鬆了不少。

「這就更有理由儘快為他洗刷名聲了，」老獾說，開始覺得這個想法不錯。眾所周知，婚姻能讓熱血冷卻，也許這能讓凡是三分鐘熱度的蛤蟆安定下來。

「身敗名裂？」兔子激動地說，「你說得好像這件事全是蛤蟆的錯，任何有理智的動物都看得出來，這完全是胡說八道。而且不管怎麼說，這一切都非常刺激。我相信，不管是誰嫁給蛤蟆，她都會過得非常快樂。」她溫柔地笑著看向蛤蟆，而蛤蟆則雙手握住了她的手。

「親愛的，」蛤蟆帶著恰如其分的熱情說。河鼠的臉色則是不太好看。

「但是，」兔子說，「我不願意。」她輕輕抽回自己的手。「你拒絕我？」蛤蟆說。「拒絕我？蛤蟆？那個蛤蟆？蛤蟆莊園的蛤蟆？我本人？」

「是的，」兔子開朗地回答。「讓我看看這樣說是否正確：『我對你所給予的榮耀深感榮幸，也對我的拒絕可能帶來的痛苦深表遺憾……』這樣對嗎，貝蘿？」貝蘿點點頭。「沒錯，這正是我讓伊芙琳娜在《槌球巷十九號》裡說的原話。」

她們相視而笑，隨後兔子轉回去看向蛤蟆，微微行了一個屈膝禮，說：「但我必須婉拒您的好意。」

「可是！」老獾微弱卻仍不放棄地說：「你的名聲怎麼辦？」兔子輕輕搖了搖頭。「噢，那個啊！不，蛤蟆很善良，但我可不想被婚姻的枷鎖束縛。」

「『枷鎖』？『善良』？」蛤蟆脹紅了臉。「你對我的感情就只有這樣嗎？當我已經向你獻上求婚、蛤蟆莊園，還有我的心？」

兔子搖了搖頭。「你的提議真是太有心了，我真的非常感激！但是，我不需要丈夫！」

接下來回家的路程變得靜悄悄的。兔子拒絕了蛤蟆的求婚，似乎也治好了他剛剛冒出頭的感冒症狀。儘管他拖著腳步落在隊伍最後，一邊用手數著音節，一邊自言自語：「愛、戴、外；失、擲、霜……」但這並沒有對其他同伴造成任何影響，也絲毫沒有拖慢他們的行程。

就這樣，他們再次回到了河岸。暮色降臨，夜鶯和蘆葦鶯的歌聲縈繞在空氣中，伴隨著青蛙和蟋蟀的鳴叫；夜幕下，空氣逐漸凝結，化作薄霧籠罩在河面之上。而這一次，空氣中多了一種新的氣息——尚未到來，但幾週內便會降臨的秋意微涼。

老獾與蛤蟆一同回到蛤蟆莊園，名義上是為了確認莊園在他們離開期間是否被白鼬占據（幸好沒有）；實際上，則是為了密切監視蛤蟆，直到赦免的事塵埃落定，「或者，必要時，直接把他的脖子踩住。」與大家分道揚鑣時，老獾低聲對河鼠咕噥了一句。

接下來的幾週，蛤蟆哪裡也沒去，什麼也沒做。老獾耐心地向他講解行為端正的重要性，蛤蟆深深認同，甚至流下不少悔恨的眼淚，為自己過去那些玷汙名聲與品格的愚蠢行為懺悔不已。

然而，老獾並未因此放鬆警惕，回到野森林裡的家中。他清楚地明白，蛤蟆悔過的情緒如同寫在沙灘上的字，稍有波浪就會消失無蹤。因此他像影子般寸步不離地跟著蛤蟆，宛如一片無處不在的烏雲，籠罩在蛤蟆的每一個清醒時刻。直到老獾實在忍無可忍，建議蛤蟆找個安靜的愛好，比如收集古代硬幣。令大家驚訝的是，蛤蟆真的這麼做了！此後的好長一段時間，蛤蟆莊園變得熱鬧非凡，專門的快遞從城裡絡繹不絕地送來錢幣收藏目錄，以及用棉花仔細包裹的破舊銀幣或金幣碎片。「蛤蟆被占了便宜嗎？」某一天，鼴鼠和老獾在蛤蟆莊園共進午餐時，老獾說。「他當然被占便宜了！但至少這總比摩托車好。」

至於蛤蟆對兔子的熱情，那稍縱即逝而又真摯表達的情感，甚至連一首四行詩都未能完成，更別提整首十四行詩了。兔子則繼續留在她親愛的朋友身邊。貝蘿回到了她的小屋，繼續寫書。在《菲洛特拉的恐懼》之後，她還出版了《黑暗序曲》，隨後她開始了一個長篇且野心勃勃的四部曲。她與出版商都希望這系列作品能生動再現羅馬帝國晚期的生活，甚至進入所有英國作家無比渴望打入的美國市場。她的下午時光大多是在河上度過，或者拜訪那些她結交的眾多朋友：老鼠太太們、刺蝟小姐們，甚至包括一些年輕的黃鼠狼，無論男女，他們都認為她的小說極為大膽（這還是輕描淡寫），同時以敬畏和謹慎交織的目光注視著她。她和老獾成了好朋友，即使在冬天，當河岸上的社交活動幾乎完全停滯時，他們也偶爾會振作精神，去拜訪對方。

河鼠對她仍有一點戒心，擔心她會以某種方式破壞河岸的友誼。然而，隨著時間推移，他發現她完全沒有這樣的舉動，也根本沒有這樣的意圖，便逐漸對她敞開了心扉，甚至在夏日的午後主動邀請她共度時光。她性格安靜，不多話（不像蛤蟆），而且檸檬水泡得極好，並且樂於讓河鼠來划船。到了冬季中期，他們之間似乎形成了一種默契——在陽光明媚的日子裡，他會走到向日葵小屋，因為貝蘿樂意出借書籍，也從不催促歸還，而且只要稍稍一提起，她就會談論起寫作，而這正是河鼠永不厭倦的話題之一。

貝蘿和鼴鼠之間也建立了一種全新的關係：成熟卻依然保有童年共同記憶的羈絆。他們不常拜訪彼此的家，但會結伴遠足，有時甚至會一路走到綠丘探訪兄弟姊妹。他們的相處和諧得令人稱羨，與他們共度一天，或許只會見到幾次輕微的翻白眼，或者聽到寥寥幾聲低低的嘆氣。

作者的話

一九〇八年，梅修恩出版社出版了《柳林風聲》，這部作品成為兒童文學的經典之作。該書作者肯尼斯・葛拉罕是一位撰寫感傷回憶錄和小說的作家，他的創作時期正值大英帝國逐漸衰落的年代。

我在兒時非常喜愛這本書，愛極了河岸上的那些動物角色——忠誠的鼴鼠、友善的河鼠、嚴厲的老獾，以及充滿活力、永遠惹麻煩的蛤蟆。然而，那時的我並未注意到書中與特權、階級和性別有關的根深蒂固的觀念。成年後，這些問題開始困擾我。這本書正是我試圖在某種程度上拓展河岸世界的一個不完美嘗試。

我要感謝黛安・普基斯（Diane Purkiss）和 G. S.・達斯圖（G. S. Dastur），他們提出了許多寶貴建議，幫助我塑造了本書的語氣與細節。還要感謝試讀者威爾・巴奇（Will Badger）、威爾頓・巴恩哈特（Wilton Barnhardt）、莉・德拉貢（Leigh Dragoon）和萊恩・羅賓斯（Lane Robins）。特別感謝伊莉莎白・伯恩（Elizabeth Bourne）和芭芭拉・韋布（Barbara Webb）。我愛你們。

國家圖書館出版品預行編目資料

河岸風景 / 姬吉．強森 (Kij Johnson) 著；林婉婷譯 . -- 初版 . -- 臺北市：三采文化股份有限公司, 2025.05　面；　公分 . -- (iREAD；175)
譯自：The River Bank
ISBN 978-626-358-646-8(平裝)

874.57　　114002194

suncolor 三采文化

iREAD 175

河岸風景

作者｜姬吉．強森（Kij Johnson）　譯者｜林婉婷　繪者｜ Dinner Illustration
編輯一部 總編輯｜郭玫禎　執行編輯｜陳岱華　版權副理｜杜曉涵
美術主編｜藍秀婷　封面設計｜ Dinner Illustration　內頁排版｜周惠敏　美術編輯｜莊馥如
行銷協理｜張育珊　行銷企劃｜陳穎姿、沈柔

發行人｜張輝明　總編輯長｜曾雅青　發行所｜三采文化股份有限公司
地址｜台北市內湖區瑞光路 513 巷 33 號 8 樓
傳訊｜TEL: (02) 8797-1234　FAX: (02) 8797-1688　網址｜www.suncolor.com.tw
郵政劃撥｜帳號：14319060　戶名：三采文化股份有限公司
初版發行｜2025 年 5 月 29 日　定價｜NT$420
2 刷｜2025 年 10 月 15 日